이경영 판타지 장편 소설

FANTASY FRONTIER SPIRIT

가즈 나이트 R 23

이경영 판타지 장편 소설

초판 1쇄 찍은 날 § 2014년 9월 23일
초판 1쇄 펴낸 날 § 2014년 9월 29일

지은이 § 이경영
펴낸이 § 서경석

편집부장 § 권태완
편집책임 § 박가연

펴낸곳 § 도서출판 청어람
등록번호 § 제1081-1-89호
등록일자 § 1999. 5. 31
어람번호 § 제1-1937호

주소 § 경기도 부천시 원미구 부일로 483번길 40 서경B/D 3F (우) 420-822
전화 § 032-656-4452 팩스 § 032-656-4453
http://www.chungeoram.com
E-mail § chungeorambook@daum.net

ISBN 979-11-316-9199-1 04810
ISBN 978-89-251-2296-0 (세트)

이경영 판타지 장편 소설
FANTASY FRONTIER SPIRIT

가즈나이트 R

GodsKnight R

23 [완결]

도서출판 청어람

CONTENTS

CHAPTER 105
토끼 사냥

지금은 부서진 과거의 이야기였다.

검은색 가죽 바지를 입은 리오는 어린 동생인 루이체와 함께 지크의 집 거실에서 간단한 게임을 즐기고 있었다.

둘 다 서로를 마주 보고 있진 않았지만 둘이 각각 잡고 있는 작은 기계에 장치된 지향성 디스플레이, 즉 눈의 신경을 전파로 직접 자극하여 펼쳐 주는 게임의 영역 안에는 둘의 역할을 대신하는 동물형 캐릭터들이 같은 장소에서 열심히 움직이고 있었다.

루이체의 캐릭터가 기록하고 있는 점수는 해당 게임을

즐기는 모든 사람, 즉 세계 전체에서 1위였다.

루이체는 자신의 기록이 게임 시스템 내에서 무료 콘텐츠만으로 올릴 수 있는 이론상 최고 득점에 가깝다는 사실을 알고 있기 때문에 조금 따분한 표정으로 게임기를 만지작거리고 있었다.

"너한테는 너무 간단하지?"

리오가 물었다.

"응. 다 보이거든. 스크립트는 뻔하고 알고리즘도 해석되니까. 소인수분해는 암산으로도 되고……."

인간과 주신계 천사의 근본적인 사고 능력 차이였기에 어쩔 수 없는 부분이었다.

'무슨 소린지 모르겠지만 이 세계의 기술을 눈으로 해석했다는 뜻 같군. 주신계 천사 중에서도 좋은 혈통을 타고난 아이라는 건 비서관에게 들었지만 대단하네.'

동생을 잠시 관찰하며 생각하던 리오는 루이체가 작게 하품을 하는 모습을 보고 그 생각을 그만두었다.

"이 게임을 만든 사람들이 사용한 것과 같은 수준의 장비만 나에게 있다면 손으로 그려야 하는 그림 말고는 전부 복제할 수도 있어."

"그럼 엔젤 플레어 말고 게임 개발자가 되는 건 어때?"

"대한민국에서?"

동생이 국적을 이야기한 이유를 모르는 리오는 눈썹만 움직일 뿐이었다.

"난 차림새 때문에 용병 행세를 자주 하곤 했어."

리오가 갑자기 중얼거리자 루이체가 그를 흘끔 보고는 다시 화면에 눈을 돌렸다.

"임무를 위해 시간을 보내기에는 딱 좋았지. 용병으로서 맡는 일이 전부 쉬워서 지루했지만 말이야."

"내가 이 게임들을 할 때처럼?"

"음… 아, 이 게임은 냄새가 나지 않는군. 적을 때렸을 때 튀어 달라붙는 파편도 없고."

"……."

리오가 말한 냄새와 파편이 전부 '죽음'과 관련된 것임을 잘 아는 루이체는 아랫입술을 꼬물꼬물 움직이며 '역시나'라는 표정을 지었다.

"하지만 적응하기 힘든 부분도 있었어."

"오빠가?"

루이체는 반사적으로 게임기를 꺼버릴 만큼 놀랐다. 사실 놀라서라기보다는 더 흥미 있는 것을 발견했기에 드러낸 충동적 행동이었다.

게임 파트너가 '실종' 됐다는 메시지를 가만히 보던 리오는 자신도 게임기의 전원을 내리고 본래의 시야로 돌아왔다.

"용병이 되겠다고 뛰어들자마자 온갖 이유로 좌절하고 폐인이 되는 녀석이 너무 많았지. 자그마치 남을 죽이고 돈을 버는 직업인데 일이 쉬울 리가 없잖아? 각오 정도는 해야지?"

이야기를 들은 루이체의 표정이 이상해졌다.

"오빠니까 그렇게 생각할 수 있는 게 아닐까?"

10세 전후의 외모를 가진 아이에게 어울리는 대꾸가 아니었지만 리오는 가볍게 웃음을 지었다.

"난 일의 난이도가 아니라 좌절에 대해 이야기한 거야."

"흐응."

루이체는 들고 있던 게임기를 케이스에 넣으며 다시 어린아이의 표정을 되찾았다.

"오빠는 좌절한 적이 있어?"

"왜?"

"지크 오빠가 몇 번 그랬거든. 다른 사람은 몰라도 리오 오빠만큼은 좌절하지 않을 거라고 말이야."

"하, 그래? 루이체는 좌절의 기본 조건이 뭔지 알아?"

질문을 질문으로 대한 리오에게 루이체는 고개를 갸웃거릴 뿐이었다.

"바로 목표야. 목표가 없으면 좌절할 일도 없지. 내가 그래."

"음……."

중압감이 느껴지는 그의 말에 루이체의 표정이 다시 안 좋아졌다.

목표가 없기에 좌절도 하지 않는 것이냐며 질문하려는 찰나, 리오가 먼저 말을 꺼냈다.

"그러니까 엔젤 플레어는 그만둬."

"아, 또!"

루이체는 두 팔을 위에서 아래로 세차게 내리며 화를 냈다.

"목표가 없다는 사람이 왜 사람들을 돕는 거야?"

"난 임무를……."

"임무 말고도 구하잖아? 나, 오빠가 그러는 거 몇 번이나 봤다고."

"목표와 버릇은 다른 거야. 그리고 검과 마법 외에 다른 수단으로 사람을 구한 적은 거의 없어. 아니, 구하지 못했지. 내 힘은 겨우 그 정도니까."

"……."

"엔젤 플레어도 나처럼 무력하지 않을까? 아니, 남자들의 눈을 즐겁게 해줄 수는 있겠군."

쓰디쓴 이야기를 들은 터라 루이체는 농담을 들은 뒤에도 쉽게 말을 꺼내지 못했다.

리오는 동생의 우울한 모습을 가만히 보다가 손을 뻗어 루이체의 머리를 툭 덮었다.

"나에게 있어서 삶의 목표보다 중요한 것은 책임이야."

"책임?"

"그래. 많은 사람이 책임이라는 말에 오해를 하고 있는데, 책임의 사전적인 뜻은 맡아서 해야 할 임무, 혹은 지켜야 할 의무야. 의외로 사무적이지."

"그렇구나……."

"하지만 지켜야 할 의무에는 말이지, 위에서 내려오는 명령 말고도 또 다른 있어."

"뭔데?"

"양심이야."

대답을 한 리오는 전에 없이 밝게 웃었다.

"등에 짊어진 게 많아질수록 지키기 어려워지는 게 바로 양심이라는 녀석이지. 엔젤 플레어? 네가 하고 싶으면 해도 돼. 하지만 나와 슈렌이 널 말리는 이유는 단지 무기를 드는 것만으로도 책임져야 하는 것이 너무 많다는 사실을 잘 알기 때문이야."

그러한 것들을 항상 체감하며 살아온 자의 이야기였기에 루이체는 더욱 말을 할 수 없었다.

"지금은 신경 쓰지 마. 어린이가 고민한다고 해서 방법이

나오는 문제가 아니거든. 네가 모든 것들을 스스로 판단할 나이가 될 때까지는 나, 혹은 너를 알고 있는 어른들이 도와줄 거야. 지금처럼 말이지."

"응, 알았어."

루이체가 손을 들어 리오의 손등을 덮었다.

그리고 수시간 뒤.

그들이 살고 있던 세계는 창조주의 의지에 의해 와해되었다.

*　　　*　　　*

"어이, 지크."

지크는 옆에서 걷던 리오가 자신을 부르자 고개를 돌렸다.

대체 무슨 생각을 했던 것인지 리오의 눈동자에는 과거가 묻어 있었다.

"왜?"

"성공과 실패의 공통점이 뭔지 알아?"

리오는 옅은 미소를 머금은 채 물었다.

지크는 자신들을 노리는 적대감의 수가 급격히 불어나는 가운데 리오가 왜 그러한 질문을 했는지 알 수가 없었다.

"내가 정답을 모르니까 지껄인 얘기 같은데, 그냥 시원하게 터시지? 수수께끼에 시간을 소비할 때가 아니라고."

"하긴."

리오가 조금 밝게 웃었다.

"어찌 됐든 '결과' 라는 사실이야. 성공도 일의 결과고 실패도 일의 결과지. 결과가 없는 일 따위는 절대 없어. 이미 드러난 결과를 스스로 인정하지 않는 경우만 있을 뿐이지."

"흠."

지크의 반응은 미적지근했다. 그것이 지금 이 상황과 무슨 관계냐는 의미였다.

하지만 그들의 뒤에서 말없이 걷고 있던 피엘은 리오의 말을 다르게 이해했다.

"성공이라 오해받는 실패를 얼마나 해오셨지요?"

"누구? 나?"

리오가 피엘을 돌아봤다. 피엘은 담백하게 웃으며 끄덕거렸다.

"지크 님은 결과를 인정하신 적이 별로 없으니까요."

피엘의 말에 지크가 뜨끔했는지 뒷목을 만졌다.

리오는 대답 전에 나무의 냄새로 가득해진 위그드라실의, 정확히는 미드가르드라 불리는 장소의 전경을 돌아봤다.

바다는 어디에도 보이지 않았다. 땅은 위스드라실의 온기로 따뜻했고 하이볼크의 세계에서 자라던 것들과 미묘하게 다른 초목들은 강인한 생명력을 뽐내었다.

"내가 애초에 내 일을 해본 적이 없잖아? 다 우리의 위대하신 하이볼크 님이 내려준 일이었지."

"그 말씀을 제가 아니라 다른 분이 들었다면 당신에게 비극적인 낭만을 느꼈겠군요. 저는 지금 당장에라도 당신이 저지른 임무 외의 사건들을 아주 사소한 것까지 말씀드릴 수 있어요."

"아, 그래. 이것저것 멋대로 많이 저질렀지."

리오는 두 어깨를 으쓱 움직였다.

"난 하이볼크가 왜 나에게 그런 짓을 할 여유를 줬을까 생각해 본 일이 있어. 맡은 일만 처리할 수 있도록 사고 체계를 조작하는 것도 쉬웠을 텐데 말이야."

"결론은요?"

"기억도 나지 않을 만큼 많은 성공과 실패가 나를 구체화시켜 주더군. 리오 스나이퍼는 어떤 놈이다, 라는 식으로 말이야. 시키는 일만 단순하게 처리하는 녀석이었다면 나의 이름은 그저 개체 분류를 위한 수단에 불과했겠지."

"그런데 어째서 하이볼크 님을 증오하셨나요?"

피엘의 질문을 들은 리오는 모든 것이 일방적으로 탈색

되며 사라졌던 자신의 세계를 잠깐 떠올렸다.

"뭔가를 줬다가 멋대로 빼앗으면 어린애도 짜증 내잖아? 그런 식으로 자신의 이야기가 지워지면 누구나 화가 나겠지. 상상도 못할 거야. 그 상상의 여지조차 와해되니까."

이론상으로 리오가 무슨 말을 하는지 알고 있는 피엘은 지금껏 '입장상' 물어보지 못했던 것들을 전부 들어보기로 했다.

"그런데도 이 세계에서까지 사람들을 지키려 하신 이유는 무엇인가요?"

"몇 번 얘기했을 텐데? 버릇 같은 거라고."

"그렇군요."

피엘은 자신조차 의문을 가지고 있던 사실을 리오가 알고 있을지 궁금했다.

"이 세상은 어째서 곤경에 처한 사람을 끝없이 만들어내는 걸까요? 여러분을 영웅으로 만들기 위한 구조일까요?"

"그런 건 하이볼크에게 물어봐야 하지 않나?"

"그전에 쉬프터에게 물어봐야겠지요."

리오는 프라임 프라이오스라면 좀 투덜거리면서도 답을 내놓을지도 모를 거라는 생각을 잠깐 해봤다.

"짐승과 인간은… 우리는 다른 게 있어. 그게 무엇인지 깨달으니 조금 편해지더군."

"무엇인가요?"

"바로 여유야. 대부분의 짐승은 자신의 강력함을 그저 생존에 투자할 수 있지만 우리는 아니지. 지켜주고 싶다는 생각과 실행을 할 여유를 가질 수 있어. 각자의 입장에 따라, 또 가치관에 따라 다르겠지만 일단 난 그러한 쪽으로는 매우 긍정적인 녀석이더군."

"성격은 험한데 말이지요."

피엘의 한마디에 리오가 피식 웃었다.

"완성품이 아니니까 어쩔 수 없지."

"무슨 뜻이죠?"

"이미 완성된 존재라면 더 이상 강해질 수가 없잖아? 불완전해야 강해질 수 있는 법이지."

리오는 옆에서 걷고 있는 지크의 어깨 갑옷을 손으로 덮었다.

"그런데 자신의 불완전함이라는 것은 실제로 보고 겪고 경험해 보니 정말 추하더군. 자기 자신의 그러한 결함들과 모조리 마주할 수 있는 용기를 가진 자가 몇이나 될까? 많진 않을 거야. 용기가 없는 자는 그냥 모른 척 살아가고, 조금이나마 싸울 의지가 있는 자는 길을 잃고 방황하게 되더군."

지크는 리오가 말한 '방황' 이라는 말이 마치 칼날의 끝처럼 느껴졌다.

"포기하면 편해지고 그냥그냥 살아갈 수 있어. 그러나 포기하지 않으면 자신을 조금이나마 완성할 수 있지. 사실 방황조차도 하나의 길이거든."

리오는 정면을 주시한 채 눈을 부릅뜨고 입술의 한쪽 끝을 올리며 웃었다.

"기쁘지 않냐, 지크?"

"뭐가?"

"내가 망령이 되어서까지 이 자리에 있는 이유, 그리고 네가 가즈 나이트라는 이름을 가지고 지금까지 살아온 이유가 오늘 밝혀질지도 모르는 거야."

"헷."

고글이 없어진 자리에 드러난 지크의 눈도 웃고 있었다.

"이 길고 긴 이야기가 끝나면 어떻게 되는 거지?"

"영원히 쉬든가, 또 다른 이야기 속에서 살아가든가, 아니면 누군가가 우리를 추억해 주든가."

리오는 즐겁게 이야기했다.

피엘은 그들의 앞에 잔뜩 깔린 '적'들을 봤다.

초감각을 동원하지 않고는 알아보기 힘들 만큼 많은 적이 평원과 낮은 언덕을 방금 솔질한 융단처럼 깔끔하게 덮은 채 적대감을 드러내고 있었다.

"적은 많아. 아마도 최종 목적지인 아스가르드의 영역, 아니, 발할라 성까지 잔뜩 깔려 있겠지."

리오가 말했다.

"아… 그럼 그냥 날아서 올라가면 안 되나?"

지크는 자신을 포함한 세 명 모두 그 정도의 비행이 가능한 자들이라는 사실을 바탕으로 이야기했다.

"안 돼. 남김없이 청소해야지."

리오는 살짝 밀듯 지크의 어깨에서 손을 떼었다.

"청소?"

지크는 무슨 허세를 부리냐며 따지려다가 그가 오딘에 대해서 '아스가르드 최후의 전사'라 말한 것을 바로 떠올리고는 입을 다물었다.

그는 피엘의 치료로 거의 회복된 몸을 조금씩 움직이며 감이 조금 달라진 자신의 갑옷에 적응하려 했다.

디아블로가 채워주던 부분이 사라진 탓에 시류지 변환갑이 몸의 일부가 아니라 실제 갑옷처럼 갑갑하고 둔중했다.

'빠진 절반에 뭔가 채워야 하나? 차라리 벗었으면 좋겠는데.'

그는 고민을 접고 다시 앞을 봤다.

리오가 디바이너를 든 팔을 움직이고 있었다. 자고 일어나 기지개를 켜는 느낌의 몸짓이었다.

"아무튼 너와 나야."

"그래, 너와 나지."

동의한 지크가 갑옷의 한쪽 팔에 거치된 무명도의 칼집에서 칼을 뽑아 들었다.

피엘은 말을 나누는 둘을 보며 자신도 있다고 이야기하고 싶었으나 그러지 않았다.

자신이 끼어들 자리가 당분간은 없을 것임을 잘 알기 때문이었다.

'원탁의 구성원들이 나타날 때까지는 문제가 없겠지.'

그 구성원 전부가 그 옛날 연합군이라는 이름으로 하이엘바인에 맞서 위그드라실을 누볐던 대영웅들이었다.

선신계의 호법신들 일부와 장로급 천사, 악신계의 악마왕 전부와 그들의 정예 부하.

라그나로크 이후의 세대도 포함되어 있었다. 브리간트를 비롯한 라그나로크 이후의 '영웅들'이 그들이었다.

그 선별된 원탁의 일원은 오딘과 함께 변하지 않는 시간과 기억을 누려온 자들로서 쉬프터에게도, 사냥꾼들에게도 간섭받지 않는 자유를 갈망하는 존재들이었다.

피엘이 알고 있는 원탁의 개념은 거기까지였다.

그리고 그 개념은 한 명의 등장으로 인해 수정이 필요해졌다.

절반의 아름다움을 가진 여성이 리오와 지크 앞에 검은 색과 황금색이 절반씩 섞인 빛을 뿌리며 내려와 땅 위에 섰다.

피엘은 그녀를 보자마자 경악하여 육체적으로, 그리고 정신적으로 극도의 긴장을 했다.

"헬?"

앞서 이야기한 대로, 상대는 분명 몸의 절반이 아름다웠지만 나머지 절반은 가죽이 벗겨진 채 썩어버린 과일처럼 검은색으로 쭈글쭈글했다.

흉측한 쪽의 손이 리오와 지크에게로 향했다.

"나는 니블헤임의 지배자, 헬. 위대하신 주신, 오딘 님의 명을 받아 아버님, 로키를 대신하여 너희에게 죽음을 내리기 위해 왔노라."

헬에 대한 정보가 거의 없다시피 한 리오와 지크는 뭐하는 여자냐며 의아해했으나 피엘은 그들을 보호하기 위해 결계를 전개하려 하고 있었다.

그러나 피엘의 결계가 그들을 지키기도 전에 헬이 뿌린 권능이 둘을 산들바람처럼 훑고 지나갔다.

기세 좋게 걷고 있던 두 명의 남자가 동시에 앞으로 엎어졌다.

"아아……!"

피엘은 꺼진 전구처럼 모든 생명 반응이 정지해 버린 둘을 보고 신음 소리를 내는 것 외엔 아무것도 할 수 없었다.

다시 팔을 내린 헬의 몸이 황금색의 비단과 검은색의 비단으로 단단히 감싸였다.

"나의 권능은 죽음. 너희가 시작하려던 이야기는 나의 권능에 짓이겨져 여기서 종결되었다."

얼굴까지 감싼 비단 밖으로 헬의 차가운 한숨이 터졌다.

"저 필멸의 피조물들에게 두려움을 가졌던 원탁의 일원들은 대체 뭐란 말인가? 내가 죽음을 전해주니 그저 받아들일 뿐이지 않은가?"

중얼거리던 헬의 몸이 크게 들썩거렸다.

"아니……?"

비단으로 잘 포장되어 있던 헬의 몸통이 보라색의 대검에 관통되어 있었다.

몸을 꿰뚫어 헬의 입을 잠시 막아버린 검, 디바이너가 하늘로 치솟아오르다 방향을 바꿔 다시 땅으로 떨어졌다.

서서히 내려오는 디바이너의 뒤로 방금 전에 죽었던 두 명의 남자가 붉은색과 푸른색의 눈빛을 각각 뿌리며 일어났다.

"죽음? 아, 몇 번이고 당했지. 최근에 제대로 죽은 적이 없어서 이 느낌을 잠깐 잊고 있었어. 미칠 정도로 반갑군!"

리오의 눈뿐만 아니라 살짝 벌어진 입에서도 붉은색의 빛이 연기처럼 피어올랐다.

파랗게 빛나는 지크의 눈에서도 뭔가 초탈을 하는 듯했던 방금 전의 분위기가 완전히 사라졌다.

지금 그들을 지배하는 것은 반가움과 즐거움이었다.

"신이라서 죽어본 적이 없지? 저승에서 아무 생각도 못하고 축축하게 시간을 보내는 게 얼마나 엿 같은지 가르쳐주마!"

이야기를 나누고 자신의 길을 되돌아보던 인간들 대신 수천 년 동안 죽음을 자아내던 짐승들이 그곳에 있었다.

헬이 가져다준 죽음은 많은 일을 겪으며 견고해졌던 둘의 이성을 삽시간에 달궈 뜨거운 살의로 만들어놓았다.

"방금 전에 말은 거창하게 했는데, 사실 살아가는 이유 따위는 항상 단순했어."

리오가 앞에 내려온 디바이너를 중얼거리며 잡았다.

그 옆으로 푸른색의 플라즈마 폭풍을 몸에 감은 지크가 오른손의 무명도를 반대로 쥐며 헬을 향해 튀어나갔다.

"명목이었지!"

몸을 감은 비단을 펼쳐 공격에 대응하려던 헬이 어느새 뒤에 나타난 지크의 무명도에 얻어맞아 리오 쪽으로 날아갔다.

리오는 머리를 자신 쪽으로 한 채 날아오는 헬을 장작 패듯 디바이너로 내려쳤다.

"죽일 명목 말이야!"

다리만 내놓은 채 땅에 박혀 버린 헬이 비단을 펼치며 다시 튀어나와 둘 사이에 내려왔다.

비단이 열리고 다시 드러난 헬의 얼굴에는 당혹감이 역력했다.

헬이 도착 전에 미리 깔아놔 적대감을 뿌리도록 한 니블헤임의 병사들이 모조리 피의 비와 내장의 우박으로 변하여 땅의 녹음을 적셨다.

지크가 그들을 찢어 몰살시킨 플라즈마의 격류를 반죽하듯 손으로 잡아끌어 삽시간에 진정시켰다.

순간적으로 닥친 그 고요함에 압도당한 헬의 몸이 심하게 떨렸다.

"네놈들, 분명 죽었을 텐데?"

대답은 헬의 얼굴에 F.O.R의 녹색 불빛을 머금고 닥쳐온 리오의 손이 대신했다.

손으로 헬의 얼굴을 붙든 리오는 얼굴에 묻은 피를 반대편 손으로 닦아 내리며 웃었다.

"하, 우리가 누군지 모르고 왔군."

"그러니까, 어떻게 죽음의 권능을 헤쳐 나왔냐고 물었지 않느냐!"

F.O.R의 빛이 헬의 안면을 꿰뚫었다.

붕괴에 저항하는 여신의 머리를 지크가 플라즈마 폭풍이 휘감긴 주먹으로 내려쳐 완전히 부쉈다.

"저놈이 먼저 저승에서 도망치더라고! 빌어먹을!"

방금 소멸된 헬과 마찬가지로 둘이 되살아난 이유가 궁금했던 피엘은 리오가 앞질러 갔다는 지크의 말에서 해답을 찾았다.

'죽은 후 부활에 걸리는 조건들을 제어하는 신들이 모두 자기 자리에 없어. 이제 권능에 의한 급작스런 사망은 저분들께 듣지 않아!'

하지만 육체의 파손 등에 인한 죽음에서는 이제 그들을 구하지 못할 수도 있었다. 리오와 지크가 방금 바로 되살아날 수 있었던 이유는 육체가 멀쩡했기 때문이었다.

리오와 지크는 아직 절반 정도 남은 아스가르드의 군대를 향해 각자의 무기를 들어 방향을 맞췄다.

"대충 이런 상황이면 적들이 도망가야 되는 거 아닌가? 방금 그 여자도 죽었다고. 그런데 계속 저렇게 버티고 있는 이유가 뭐야?"

피바다의 한가운데를 걸으며 지크가 물었다.

리오는 한쪽 눈을 감고 있다가 다시 떴다. 그것은 최근

그의 육체에 발생하고 있는 버릇이었다.

"발할라로 인도된 위그드라실의 전사들은 전쟁터에서의 싸움을 가장 큰 영광으로 여기지. 할 일이 없는 날에는 서로 싸워 죽이고 되살리며 전쟁에 대한 감을 잃지 않도록 노력하는 성실한 자들이야."

리오의 대답에 지크가 움찔했다.

"성실함의 방향이 좀 이상한데?"

리오가 피식 웃었다.

"그냥 정신조작에 걸려 있다고 보면 돼. 오딘의 능력 중에 하나야. '발레이그르' 라고 하지. 그러니 남녀노소 불문하고 위그드라실 태생의 전투 가능 생명체는 보이는 대로 다 죽여. 전부 오딘이 만들거나 하이엘바인이 재생시킨 '이야기' 들일 뿐이야."

"그래? 죄책감 같은 거 느낄 필요 없는 거지?"

"죄책감? 우리끼리 왜 그래?"

"흥."

지크의 두 손에서 머물고 있던 플라즈마의 폭풍이 상공에 흐르는 구름의 위쪽까지 치솟아 올랐다.

"혹시나 해서 말이지!"

지크는 공간이동을 방불케 할 정도의 속도를 발휘하여 남아 있는 적들의 중심부에 떨어져졌다.

그 충격만으로 지크와 가까운 곳에 위치한 적들은 물방울처럼 터졌고 그보다 조금 먼 곳에 있는 자들은 자신의 머리 높이 이상으로 튕겨 올라갔다.

지크의 팔에 감긴 고온의 플라즈마 폭풍이 좌우로 움직였다. 적의 육체와 갑옷, 무기, 그리고 땅과 그 위에 있는 물체들이 그 폭풍에 맞아 남김없이 분해되었다.

이어서 지크의 주먹이 땅에 내려꽂혔다.

"감마레이 템페스트(Gamma—ray tempest)!"

사납게 몰아치던 두 줄기의 푸른색 폭풍이 하나가 되면서 지크가 감지한 적들의 머리 위로 우주에서나 관측할 수 있는 위력의 낙뢰가 공기까지 불태우며 떨어졌다.

고글이 없는 투구의 창으로부터 지크의 눈에서 발산되는 푸른색 연기가 굶주림을 품은 채 올라왔다.

손으로 입가를 막은 리오와 피엘이 지크 쪽으로 훌쩍 뛰어 땅을 밟았다.

"기술 이름을 생각하는 데 얼마나 걸렸지?"

리오가 묻자 지크는 당당히 일어나 오른손 엄지로 자신의 가슴을 쿡 찔렀다.

"즉흥적으로!"

"호오, 발전하셨군."

리오가 쓴웃음을 지으며 지크가 파괴한 장소를 둘러봤다.

"아무튼 이건 마법이 아니잖아?"

"정확하게는 순수한 물리학이죠."

지크와 리오가 방금 설명한 피엘을 돌아봤다.

"순수한 물리학? 불결한 물리학도 있나?"

리오가 쓴웃음을 지으며 물었다.

"창조주가 정한 신계의 법칙과 쉬프터가 정한 경작지의 규칙은 불결하다면 불결하다고 말할 수 있죠. 취향, 혹은 효율에 맞춰 조정되었으니까요. 하지만 지크 님이 사용하신 힘은 아무것도 섞이지 않았어요."

"아무것도 섞이지 않았기에 모든 것에 통한다는 말이로군."

"맞아요. 경작지 바깥에서 살아가는 존재들처럼 말이죠."

피엘의 말을 이해한 리오는 고개를 끄덕거렸다.

"본래 지크 님의 힘은 킹 클래스에 대적하기 위한 수단이었는데 이런 곳에서 쓰이게 되다니, 정말 미래는 알 수 없군요."

피엘은 자신의 교신기를 꺼내 둘에게 보여주었다.

"여기 표시된 중성자 방사능 수치를 보세요. 일반 생물은 절대로 살아남을 수 없는 수준이에요."

그녀의 말을 증명하듯 지크가 뿌린 플라즈마의 낙뢰는

그가 원하는 지역 이상의 장소를 병들어 죽게 하고 있었다.

그러나 그 죽음도 잠시, 신선한 녹음이 지크가 만든 죽음의 땅을 단숨에 뒤덮었다. 오딘의 힘 외에도 다른 강력한 힘이 그 땅에 축복을 내리고 있었다.

모두는 상공을 올려다봤다.

하얀 날개를 흔드는 천사들과 검은 날개를 흔드는 악마들이 무리를 지은 채 그들을 향해 내려오고 있었다.

"한쪽은 악마왕 쪽의 정예들이고 다른 한쪽은 장로급 천사들의 직속 부하들이로군. 저 재수 없는 놈들을 이제야 쳐죽일 수 있게 되다니, 너무 좋은 날이야!"

리오의 눈빛이 다시 붉은색으로 바뀌었다.

"그러게 말이지."

리오의 말에 동의한 지크의 두 팔에서 다시금 플라즈마의 폭풍이 일어났다.

"저도 좀 끼워주시겠어요?"

피엘이 자신의 날개들을 모아 만든 창을 들고 싸울 준비를 했다.

리오는 그 창의 성능이 미덥지 못하여 뒤를 돌아봤다. 뭔가 강해 보이기는 하지만 지노그에 비하면 정말 아무것도 아닌 물건이 분명하기 때문이었다.

그때 피엘을 보던 리오의 눈이 크게 벌어졌다. 눈빛도 단숨에 본래대로 돌아왔다.

헬에 의해 죽음을 겪고 난 이후 전투에 몰두하게 된 그가 갑자기 그런 표정을 지을 줄은 몰랐던 피엘은 손에 든 창을 두드렸다.

"그, 그리 나쁘지 않은 무기예요. 지노그나 궁니르에 비하면 한참 떨어지지만 그래도……."

어떻게든 설득을 하려는 피엘의 뒤편에서 흰색의 빛이 번쩍 떨어졌다.

사실 그 빛이 리오의 표정을 바꾼 원인이었다.

그 우주적 기세의 압력에 휘말린 천사와 악마의 군단이 그 자리에서 보드라운 재로 변하여 회색의 구름이 되었다.

피엘은 뒤를 돌아보자마자 쓰러졌다.

황금색의 수가 새겨진 하얀색 두건과 망토로 온몸을 가린 채 무광 검정의 가면으로 우주를 지켜보는 자, 프라임 클래스의 쉬프터가 팔짱을 낀 채 땅에 내려오고 있었다.

"제길, 왜 또 왔어?"

리오가 그 프라임, 프라이오스를 보고 힘없이 웃었다. 진의를 알 수 없는 프라임의 모습은 그에게도 순간적인 절망을 줄 만큼 두려운 그림이었다.

무광 검정의 철판을 겹겹이 쌓아 만든 듯한 프라이오스

의 가면 사이에서 붉은색의 빛이 스치듯 반짝거렸다.

"동포가 아닌 자를 자주 만나는 것은 매우 불쾌한 일이지. 나쁜 추억을 불러오거든."

땅에 발을 디딘 프라임, 프라이오스는 몸을 숙여서 자신의 앞에 넘어져 있는 피엘에게 손을 내밀었다.

"예고 없이 나타나 실례했소. 일어서시오, 피엘 플레포스. 하이볼크의 비서관이여."

"예?"

피엘이 수풀 속의 토끼처럼 움찔했다. 그녀는 리오와 마찬가지로 프라이오스에게 본능적인 두려움을 느끼고 있었다.

"아, 그대와 직접 만나는 것은 처음이구려. 난 모든 프라임의 의장이자 1번 경작지의 사령관인 프라이오스라고 하오."

"아, 예……."

피엘은 머뭇거리다가 프라이오스의 손을 잡고 일어났다.

"이렇게 당신을 뵙게 될 줄은 몰랐습니다, 프라임 프라이오스시여."

"나도 그렇소. 하지만 피엘 플레포스 비서관이여, 안심하시오. 나는 그대를 도와달라는 부탁을 받고 이곳에 왔소."

그녀를 일으켜 준 프라이오스는 맞잡은 손을 통해 힘을

전달하여 피엘의 옷에 묻은 흙과 풀들을 털어주었다.

프라이오스의 큰 키와 망토까지 포함된 드넓은 몸집에서 풍기는 기운이 주변 지역뿐만 아니라 위그드라실 전체를 압박했다.

말을 끊고 잠시 위그드라실을 둘러보던 프라이오스의 가면에서 붉은빛이 다시 스쳐 지나갔다.

“이곳이 위그드라실이구려. 흠, 역시나 마음에 안 드는군. 루이체여, 난 네가 소원만 한다면 이곳을 작은 미끄럼틀로 만들어줄 수 있단다.”

“위그드라실의 일은 우리에게 맡겨주세요, 프라이오스 프라임이시여!”

루이체의 목소리가 나온 순간 지크와 피엘이 돌처럼 굳어졌다. 그 목소리가 나온 곳이 바로 리오의 입이었기 때문이다.

본래 붉은 편인 리오의 얼굴이 아예 새빨갛게 변했다.

‘저 녀석, 일부러 그랬군!’

그는 일부러 다른 곳을 바라보는 프라이오스를 수치심에 휩싸인 채 노려봤다.

잠깐 장난을 친 프라이오스는 다시 피엘에게 고개를 돌렸다.

“피엘 플레포스여. 아테나 님이 그대를 걱정하시더구려.”

"아테나 님께서 말씀이십니까?"

피엘은 리오의 일로 격분하여 자신을 존재 불가능 직전까지 몰아친 아테나를 떠올리고는 마음이 복잡해졌다.

"군신께서 화해의 뜻으로 그대에게 어울리는 무기를 만들어달라고 나에게 소원하셨소. 나의 일은 그것뿐이오."

말을 마친 프라이오스의 시선이 지크 쪽으로 움직였다.

"수리가 좀 필요한 자도 보이는구려. 중성자 방사능을 입냄새처럼 풍기는 존재라……. 아무리 봐도 킹 클래스에 대한 대항 수단으로 만들어진 것처럼 보이는구려."

피엘은 여기서 거짓말을 할 필요는 없다고 판단했다.

"그렇습니다."

"킹 클래스가 실패하면 엠프레스가 대신 나설 텐데 말이오. 거기까진 몰랐나 보군."

비록 과거형이 되긴 했지만 피엘로서는 정말 몰랐던 사실이었다.

하얀 우주의 의지가 하이볼크에게 제공한 정보에는 킹과 퀸 클래스에 대한 것만 존재했을 뿐, 그 이상의 저지력인 엠프레스에 대한 것은 없었다.

하이볼크는 과거의 추억을 더듬어 '주인' 에 대한 진실까지는 접근했으나 하이볼크보다도 제한된 정보를 얻을 수밖에 없는 피엘은 프라임 클래스와 엠프레스에 대해 알아갈 때마다 좌절해야만 했다.

"아무튼 난 맡은 일을 하겠소. 어떠한 무기를 원하시오, 피엘 플레포스여?"

그 최악의 좌절이었던 존재가 자신의 옆에서 별다른 적대감 없이 이야기를 하고 있다는 사실에 피엘은 과거 그 어느 때보다 안도감을 느끼고 있었다.

그 시점에서 지크는 다른 프라임도 아니고 무려 프라이오스가 왜 이곳에 와서 산타클로스 노릇을 하고 있는지 궁금했다.

"당신, 대체 여긴 어떻게 들어왔지? 오딘의 말로는 프라임들조차 이곳에 손댈 수 없다고 하던데?"

리오가 물었다.

"내가 오딘처럼 잔재주를 부리는 아우터 갓을 몇 마리나 만나봤다고 생각하나?"

"모르니까 물어봤지."

"흠."

프라이오스가 다시 팔짱을 꼈다.

"그래, 솔직하게 말하지. 이곳은 꽤 잘 만들어진 독립우주다. 평행우주와는 달라. 또한 우리의 관심을 끌 만한 말썽 요소가 전혀 없지. 네놈… 아니, 루이체가 이곳에 없었다면 사실 나도 이곳에 오기 위해 꽤 고생을 해야 했을 것이야."

"그래?"

"복사본에 불과한 평행우주와 달리 독립우주는 정말 다른 세계다. 제작 난이도와 소비되는 동력은 우스운 수준이지만 그에 비해 좌표를 추적하기가 매우 어렵지. 근간 법칙이 아예 다른 세계이기 때문이야. 용암과 바닷물의 차이라고나 할까? 아무튼 정상적인 방법을 동원하여 이곳에 오려면 매우 긴 시간이 필요했을 것이다. 천문학적인 시간이라는 흔한 표현이 너희의 이해를 도와줄 수 있겠군."

"음……."

이야기를 들은 리오는 묶어 내린 머리채를 만지면서 오딘과 나눴던 대화 및 그의 행동을 통해 예상했던 것들을 거의 확정지었다.

하지만 입 밖으로 그것을 내놓지는 않았다. 이 자리에서 시시하다는 오해를 사기는 싫었기 때문이다.

"원하는 무기를 말하시오, 피엘 플레포스 비서관이여. 모든 것을 구현해 드리리다."

피엘은 갑자기 찾아온 기회를 앞두고 대단히 고민했다.

리오와 지크는 그녀의 뒷모습에서 쇼핑을 정신없이 즐기는 여성의 모습을 발견하고는 다른 의미에서의 전율을 느꼈다.

“제가 과거에 불렸던 별명은 천기병장입니다.”

“그렇소?”

그다음에 이어진 프라이오스의 고요한 시선과 침묵은 ‘그래서 어쩌라는 소리냐’ 라는 뜻을 담고 있었다.

얼굴이 빨개진 피엘은 조심스럽게 오른손을 들어 자신의 전투 기록을 빛의 형태로 바꾸어 띄웠다.

“송구하지만 이것을 참고해 주십시오. 저의 전투 기록입니다.”

“그리하겠소. 현명하구려.”

그 빛을 손에 쥐어 전투 기록을 흡수한 프라이오스는 고개를 갸웃했다.

“이 세계에 실존하는 모든 병장기를 사용할 수 있었구려. 그런데 천기병장이라 불리던 과거에 저 리오 스나이퍼와 대결한 적이 있었구려. 시간대가 왠지 맞지 않는데, 어찌 된 일이오?”

“예? 아, 그건…….”

피엘은 말을 아꼈고 리오는 경악했다.

“비서관, 아카식 레코드의 일을 기억하고 있단 말이야?”

“…….”

피엘은 침묵을 이어나갔다. 둘 사이의 일을 전혀 모르고 관심도 없는 프라이오스는 고개만 갸웃거렸다.

"흠, 어쨌든 알겠소. 당신의 전투 특성에 딱 맞는 무기를 만들어 드리리다."

프라이오스가 오른손을 옆으로 흘리듯 하자 그의 옆에 흰색으로 빛나는 창 한 자루가 떨어져 박혔다.

"즉석에서 만들었기에 이름도 없는 창이지만 내가 만든 만큼 성능은 괜찮을 것이오. 형태와 중심, 그대의 손에 전달될 감촉은 그대가 마지막으로 사용한 지노그에 맞춰놨소."

"그럼 실례하겠습니다."

피엘은 시험 삼아 창을 들어 뽑았다.

창의 날과 자루에서 흘러 들어오는 힘, 그리고 무기로서의 균형이 프라이오스의 말대로 지노그와 동일했다. 또한 무기의 잠재력은 피엘 자신이 과연 끝까지 이끌어낼 수 있을지 의심이 들 만큼 강력했다.

"마음에 드시오?"

"예, 프라이오스 님!"

피엘은 정말 기쁜 얼굴로 창을 단단히 붙들었다.

"그렇다면 주의 사항을 일러주겠소. 하이엘바인이 사용하는 궁니르와의 정면충돌은 최대한 피하시오."

"어찌하여 그렇습니까?"

“궁니르는 오딘이 만들긴 했지만 제작 기술의 대부분은 미미르, 아니, 하얀 우주의 의지가 제공했소. 그래서 제아무리 오딘이라 해도 두 자루 이상은 만들지 못했을 것이오.”

“거기까지 분석하셨습니까?”

“사이악스라는 미친놈이 남긴 자료를 보니 그렇더구려.”

악감정이 느껴지는 목소리였다.

실제로 프라이오스는 사이악스가 남긴 자료를 보고 온 뒤로 그가 지금껏 저지른 무모한 일에 격분한 상태였다.

눈에 걸리적거리는 것들, 즉 천사와 악마의 편의를 봐줄 상황이 아니었다.

“그, 그럼 충돌하면 무슨 일이 일어나는지 말씀해 주십시오.”

그녀는 결전을 앞두고 의문점을 남기고 싶진 않았다. 그리고 프라이오스는 그 각오를 이해하지 못할 만큼 성격이 험하진 않았다.

잠시 시간을 두고 마음을 가라앉힌 프라이오스는 다시 목소리를 냈다.

“두 무기가 충돌할 경우 당신은 충격을 이기지 못한다오. 아마 당신을 이루는 물질 결합이 남김없이 깨지면서 생을 마감하게 될 것이오.”

"그렇다면 하이엘바인 님도 그렇게 되시는 겁니까?"

그녀는 하이엘바인과 함께 파멸하는 것도 효율적인 방법이라 여기고 있었다.

"그렇지 않기에 정면충돌을 피하라고 조언한 것이오. 하이엘바인은 그대들이 판단하는 것 이상으로 위험하오. 제작 개념과 존재 목적 자체가 아주 불경하지."

"그렇습니까."

피엘이 아쉬워했다.

"비서관이여, 하이볼크마저도 당신을 설계할 때 하이엘바인에 대해 오해를 하고 있었더구려. 그래서 하이엘바인과 당신의 성능… 아니, 능력을 동일한 수준으로 맞출 수 없었던 것이오."

"……."

"하지만 내가 이 창에 보조 기능을 넣어놨으니 그대가 허무하게 소멸될 일은 없을 것이오. 그래도 주의하시오. 창이 그대를 지켜줄 수 있는 횟수는 단 한 번뿐이오."

"알겠습니다, 프라이오스 님. 감히 청합니다만 저 대신 아테나 님께 감사의 인사를 전해주십시오."

피엘은 새로 받은 창을 두 손으로 받쳐 든 채 허리를 굽혔다.

"음… 뭐, 알았소. 군신을 뵐 틈이 있다면 그러리다."

피엘은 건성에 가까운 프라이오스의 대답에 약간 의아했다. 이전까지의 태도와는 전혀 달랐기 때문이다.

프라이오스가 지크 쪽으로 움직였다.

"이젠 네놈의 수리를 좀 해야겠군."

"나? 괜찮은데?"

지크가 배짱을 부리는 순간 프라이오스가 지크의 투구 위를 손바닥으로 내려쳤다.

"어!"

지크는 그 이상의 비명을 지르지 못했다.

"온몸의 뼈가 부서지고 근육이 끊겨 나간 느낌이 어떠냐? 그 갑옷이 아니었다면 넌 달팽이처럼 바닥에 붙어 다녀야 했을 것이야."

입고 있는 시류지 변환갑이 초중량급 사냥꾼의 주먹도 막아내 주었음을 기억하는 지크는 정신적 충격과 허탈감, 그리고 육체적 고통에 시달렸다.

"왜 나만 미워하는……."

"됐으니 들어라, 지크 스나이퍼. 네놈 혼자서 갑옷의 부족한 부분을 채울 수 있도록 배려해 주마. 이것도 군신의 부탁이니 이후 군신을 만나게 되면 진심을 다하여 감사하도록 해라."

"아테나 님을 다시 만날 수는 있는 건가?"

리오가 묻자 프라이오스의 가면에 다시 붉은빛이 스쳤다.

"네놈들 하기 나름이다."

"제대로 된 힌트가 아니군."

"저 위를 향해 올라가다 보면 알게 될 거다."

거기서 말을 끊은 프라이오스는 끙끙대는 지크를 다시 돌아봤다.

"너 역시 비서관과 마찬가지로 각오를 해야 할 것이야. 최대 출력을 발휘할 때 사용될 연료는 가볍지 않지."

프라이오스가 손바닥으로 지크의 가슴을 치자 갑옷 전체가 말끔해지고 뜯겨 나갔던 고글이 새로 만들어져 눈을 보호해 주었다.

더불어 프라이오스의 간섭 한 번에 부서진 지크의 육체도 완전히 회복되었다. 피엘이 제대로 고쳐 주지 못한 근육과 인대, 골격들도 갓난아기의 것처럼 말끔해졌다.

"이제 네 마음대로 갑옷을 벗고 입을 수 있을 것이다. 벗을 일이 있을지는 모르겠군. 그보다 더 좋은 방법도 있겠지만 네가 깨달을 수 있을까?"

"칫."

두 손을 쥐었다 폈다 하며 몸 상태를 점검해 본 지크가 프라이오스 쪽으로 고개를 들었다. 신장의 차이가 워낙 커서 지크의 턱이 이루는 각도도 꽤 컸다.

"가만, 연료가 어쩌고 했지? 그 연료가 뭔데?"

"네놈의 생명이다."

그러자 지크가 피식 웃고는 어깨를 으쓱했다.

"몇 번 죽었다 살아나면 되는 문제구만?"

"그렇게 간단한 문제라면 피엘 플레포스 비서관의 표정이 저렇게 좋을 리가 없지."

"응?"

지크는 피엘 쪽을 곧장 돌아봤다. 그녀의 표정은 처절할 만큼 새파랬다.

"어, 어이? 비서관? 왜 그래요?"

피엘은 대답을 하지 않았다. 몰라서 그런 것이 아니라 당장 설명할 말이 떠오르지 않아서였다.

"체력을 보존한 채 죽는 것과 탈진하여 죽는 것은 차이가 있지."

프라이오스가 대신 설명했다.

"지금 당장 네 목이 날아간다 해도 몸에 저장된 영양분은 즉시 사라지지 않기에 목을 다시 붙이고 치료해 주면 문제없이 전투가 가능할 것이다. 너희는 그런 놈들이니까."

"그, 그렇지."

"하지만 탈진하여 죽는 경우는 다르지. 되살아난다 해도 움직일 영양분이 몸에 남아 있지 않으면 곤란할 것이야. 본래 갑옷의 출력과 관계되는 열량은 네 몸속에 있던 녀석이 보조해 주고 있었을 것이다."

디아블로에 대한 이야기였다.

"이제 그 녀석이 맡아주던 분량의 열량을 준비해 두는 게 좋을 것이다, 지크 스나이퍼. 은하 한 개 규모의 생태계를 네 위장이 전부 감당할 수 있을지 모르겠군."

프라이오스가 말한 목숨이 열량이라는 사실을 알게 된 지크는 왠지 허무했지만 조금 더 생각해 보니 쉬운 일은 아니었다.

"대체 뭘 먹어야 그 열량을 채울 수 있는 거지?"

"풀뿌리라도 씹든가."

프라이오스가 대놓고 불친절한 태도를 보였다. 그 특유의 압박감에 지크가 움츠러드는 것은 일도 아니었다.

"제발 도와주세요, 프라이오스 프라임이시여!"

루이체의 목소리가 다시 리오의 입에서 터졌다.

피엘과 지크는 그 상황을 보고 미친 듯이 웃고 싶었으나 분위기가 전혀 아닌지라 어딘가 금이 간 표정만 지은 채 가만히 있었다.

"그 미친 사이악스 녀석만 아니었으면……!"

프라이오스가 씁쓸히 중얼거렸다.

"방금 전에도 그랬던 것 같은데, 사이악스는 대체 왜?"

"몰라도 된다, 리오 스나이퍼."

리오의 입을 막아버린 프라이오스는 기분을 조절하기 위해 다시금 긴 한숨을 쉬었다.

"일반적인 식사로 보충할 수 있는 열량은 분명 아니지. 내장을 전부 들어내고 대소멸 동력로를 채워줄까? 호흡을 할 필요도, 먹고 싸는 수고를 할 필요도 없어지지. 아니, 그건 네 분수에 맞지 않겠군."

프라이오스는 리오와 지크, 피엘을 차례로 한 번씩 살펴봤다.

"피엘 플레포스 비서관."

"예?"

"당신이 본래 가지고 있던 창을 내게 주시오."

"아, 알겠습니다."

피엘은 자기 몸의 일부로 다시 되돌리려 했던 날개의 창을 프라이오스에게 건네주었다.

프라이오스는 그 창을 받고 오른손 위에 띄우자마자 작은 씨앗의 크기로 압착시켰다.

"그대들은 모르겠지만 아리스톤 합금은 지크 스나이퍼의 갑옷에 사용된 아네라의 합금과 거의 동일한 구조를 가지고 있지. 하지만 밀도의 차이가 극단적이어서 비교 대상이 아니야. 그래도 이 정도로 압축시킨다면 최대 출력을 두 번 정도는 쓸 수 있겠군."

"겨우 두 번?"

프라이오스는 당황과 짜증을 섞어 외치는 지크의 가슴에 그 씨앗 크기의 아리스톤 합금을 박아 넣었다.

압축된 합금 덩어리는 갑옷을 무사히 통과하여 지크의 심장 바로 옆에 달라붙었다. 피부도, 갑옷도 이상이 없었지만 지크는 기겁하여 몸이 굳어지고 말았다.

"그 합금 덩어리는 전부 소비되면 흔적도 없이 사라질 것이다. 건강엔 지장이 없겠지. 이후의 문제는 알아서 해라, 정 급하면 피엘 플레포스 비서관이라는 아리스톤 덩어리를 열량으로 삼아라. 구워 먹든가, 삶아 먹든가."

"……."

"내가 개입하는 것은 여기까지다. 과한 은혜를 베풀어준 것 같군. 피엘 플레포스 비서관의 능력으로도 충분할 텐데 말이지."

뭔가 중요한 것을 들켜 버렸다고 느낀 피엘은 쓴웃음을 지었다.

"혹시 사이악스 때문에 이런 은혜를 베풀어주는 건가?"

피엘이 이곳에 있는 내막을 모르는 리오가 태연히 묻자 프라이오스의 가면 사이에서 붉은빛이 흘러내렸다.

"내 역할이 그것이다. 사이악스의 기록을 보니 네놈도 흔히 하는 일이더군."

"아, 그래. 아는 사람의 뒤치다꺼리."

리오는 건성으로 고개를 끄덕거렸다.

그들의 곁을 떠나려는 찰나, 프라이오스는 리오가 들고 있는 디바이너를 보고 행동을 멈췄다.

"이제야 무기다운 무기를 들게 되었군."

"보라색을 좋아하나?"

"선명한 색을 가진 꿈은 다 좋아하지."

프라이오스는 리오 앞에 몸을 숙이고 앉아 디바이너에 손을 대었다.

리오는 회색 망토 차림으로 변해 뒤로 쓰러졌으나 디바이너는 땅에 닿기만 했을 뿐, 여전히 누군가의 손에 들려 있었다.

자신의 키만큼이나 큰 대검, 디바이너를 손에 쥔 자는 어린 모습의 루이체였다.

프라이오스는 두건이 달린 하얀 망토, 즉 프라임의 복장을 공중에서 만들어 루이체에게 입혀준 뒤 두 손으로 그녀의 볼을 살짝 누르듯 감쌌다.

"프라임에 점점 가까워지고 있구나, 루이체여. 괴롭지 않느냐?"

"시간으로만 따지자면 소녀는 당신의 괴로움을 헤아릴 틈이 없었답니다."

"호오, 이 프라이오스가 괴로운 자로 보이느냐?"

"그렇지 않으시면 저에게 괴롭지 않느냐는 질문을 하실 리가 없으니까요."

"음, 현명한 아이로구나."

프라이오스는 오른손을 내린 뒤 두건을 걷고 가면을 벗었다.

그와 동시에 지크, 피엘을 포함한 위그드라실 내의 모든 존재가 시력 및 청력을 프라이오스에게 강탈당했다.

발할라 안에서 상황을 지켜보던 오딘도 예외는 아니었다. 그와 함께 앉아 있던 제홉과 아롤, 브리간트도 그 감각 강탈에 겁을 먹고 말도 꺼내지 못했다.

위그드라실 내에서 온전히 보고 들을 수 있는 존재는 오로지 루이체와 프라이오스뿐이었다.

소녀는 젊은 사자의 갈기처럼 잔뜩 흘러나와 맑은 윤기를 흘리는 그의 검은색 머리카락을 보고 놀랐다.

"젊으시네요?"

루이체의 말을 들은 프라이오스는 진중한 표정으로 그녀와 시선을 맞췄다.

"프라임의 자리를 계승받은 소녀여. 한 번 더 너의 의사를 묻겠다. 희생자 없이 이 일을 처리할 수 있는 방법은 네가 나에게 이 위그드라실의 처리를 부탁하는 것이다.”

“하지만 이것은 오빠와 오딘 님의…….”

“알고 있다. 그리고 존중도 하고 있지. 내가 너에게 얼굴을 드러내고 의사를 묻는 것 자체가 바로 존중의 증거란다.”

“그것은 존중이 아니라 친절한 오만입니다, 프라이오스 프라임이시여.”

자신이 루이체에게 그러한 말을 들을 줄은 몰랐던 프라이오스는 수염 하나 없이 말끔한 자신의 턱에 손을 대고 잠시 생각에 잠겼다.

루이체는 손에 들고 있던 디바이너를 땅에 내려놓은 뒤 뒤꿈치를 들고는 맨얼굴이 된 프라이오스의 목을 껴안아주었다.

“부디 저희가 저지를지도 모를 실수를 지켜봐 주세요, 프라이오스 프라임이시여. 실수야말로 가장 큰 배움의 길이라는 것을 누구보다 잘 아시지 않습니까?”

“…….”

잠시 표정을 잃었던 프라이오스는 다시 웃으며 루이체의 등을 토닥여 주었다.

“고맙다, 어린 존재여. 이 프라이오스에게 완벽함이 아니라 나약함을 부여하신 주인님의 뜻을 네가 다시 일깨워 주는구나."

"송구합니다."

루이체가 물러나자 프라이오스는 다시 가면을 쓰고 두건을 덮었다. 망토의 어깨를 덮을 만큼 풍성하게 흘러나왔던 검은색의 머리카락들이 가면 속으로 깔끔하게 수습되었다.

"이제 너희의 각오에 간섭하지 않으마. 후회 없이 마무리하도록 하려무나."

"알겠습니다. 하지만 프라이오스 프라임이시여."

"이야기하려무나."

"프라임들은 어째서 가면을 쓰는 건가요?"

"방금 전처럼 망신을 당했을 때에 대비하기 위해서란다."

"정말인가요?"

"사실 나도 몰라."

그가 농담으로 얼버무리려 한다는 것을 느낀 루이체는 한껏 웃은 뒤 자신이 꿈꾸어 만들어낸 디바이너를 다시 들었다. 프라이오스도 몸을 펴고 일어났다.

다시 자신으로 돌아온 리오는 잠깐 두통에 시달렸다. 시력과 청력을 강탈당했던 지크와 피엘은 다시 세상이 밝아지고 소리가 들려오자 자못 당황했다.

"또 루이체를 만났나 보군."

리오가 씁쓸히 물었다.

"총명한 존재를 만나는 일은 쉽게 질리지 않지."

"멋대로 저지르시는군."

"꼴사나운 질투로다."

프라이오스가 떠날 준비를 하기 위해 두 팔을 늘어뜨렸다.

"그럼 싸움을 앞둔 자들이여, 훌륭한 마무리가 되기를 기원하마."

그의 자세에도 불구하고 리오는 시큰둥한 표정을 지었다.

"영원히 나타나지 않으실 것처럼 말씀하시는군."

"말만 저렇게 하고 다시 나타나는 놈들을 많이 봤지."

지크가 이어서 말했다.

프라이오스는 그들을 가만히 바라보다가 곧 고개를 흔들어 분노를 누그러뜨렸다.

"나도 장담할 수는 없군. 나에게도 할 일이 제법 많지. 3번 경작지의 동포들에게 맡겨도 되는 일이지만 오해를 살 수도 있기에 내가 직접 나서야만 한다."

"직접 할 일이라고?"

리오는 프라이오스 정도 되는 존재가 직접 할 일이 대체 무엇인지 정말 궁금했다.

"자세히 알고 싶다면 싸워서 살아남아라."

그리고 프라이오스는 그 자리에서 사라졌다.

그의 기운이, 특히 위압감이 완전히 지워진 것을 느낀 리오였지만 자신의 감각을 믿진 않았다. 그가 알고 있는 개념을 전부 초월한 존재, 프라이오스라면 기척을 숨기는 것 정도는 정말 일도 아니기 때문이었다.

발할라에서 자신의 의자, 흐리드스캴프에 앉은 채 강탈당한 감각을 강제로 되찾은 오딘은 프라이오스가 사라지는 모습을 똑바로 확인했다.

"프라임이라는 존재들은 정말 마음에 들지 않는군."

말을 마치자마자 오딘은 뒤로 돌아섰다.

그는 의자에 앉아 있어야 할 자신이 왜 서 있는지 궁금하지 않았다. 자신과 함께 있던 원탁의 구성원 전원이 경악하는 것도 이상하게 여기지 않았다.

지금 흐리드스캴프에 앉아 있는 존재는 프라이오스였다.

"그 불쾌감의 근본은 아마도 공포겠지."

"프라이오스!"

프라이오스의 두건이 만든 그늘 속에서 붉은빛이 스쳤다. 다음 순간 아스가르드의 영역 전체에 공백이 생겼다.

오딘의 머리통을 제외한 아스가르드의 모든 것이 형태는

물론 그 의미마저 지워져 있었다.

사라진 것 중에서 녹색의 불빛 하나가 황금색과 은색의 빛까지 동원하며 자신을 재구축하려 했으나 프라이오스의 관찰을 견디지 못하고 결국 사라졌다.

미드가르드의 영역에 있는 리오 일행은 아스가르드가 지금 '멸망' 했다는 사실을 인지하지도 못했다.

"하이엘바인만이 끝까지 저항하는군. 과연."

허공에 앉아 있던 프라이오스가 자세를 바로 하고 오딘의 머리통을 향해 걸어갔다.

"사이악스와는 달리 그대는 감정을 숨기지 않는군. 프라이오스여."

오딘이 씩 웃었다.

"그 미친놈과 나를 비교하지 마라, 싸구려 잡종이여. 경작지 외부의 아우터 갓들이 야생의 맹수라면 넌 거세당한 애완견이지. 그러한 존재에게 비교를 당한다는 것은 매우 불쾌한 일이 아니겠나?"

프라이오스는 왼손을 뻗어 오딘이 지금껏 감추고 있다가 위그드라실의 부활과 함께 다시 드러낸 눈을 후벼파듯 뽑아내었다.

프라이오스는 그 눈을 짓누르거나 손아귀에 쥐는 등 온갖 방법으로 만지면서 공포 분위기를 조성했다.

"이것이 하얀 우주의 의지가 너에게 준 선물이로군. 이 장난감으로 즐겁게 놀았나?"

정말로 애꾸눈이 되었으나 오딘은 미소를 잃지 않았다.

"하얀 우주의 의지… 미미르 말인가? 그를 싫어하나 보군."

"알면서 묻는 이유는 무엇인가?"

"후후, 사실 나도 그를 좋아하진 않는다네. 그래서 하이엘바인을 그의 예상보다 일찍 세상에 내보냈지."

프라이오스의 가면에서 붉은빛이 스쳤다.

"그로 인해 네놈이 얻은 것은?"

"사이악스가 본격적으로 개입하여 이 세계의 모든 것을 파헤쳤다네. 느긋이 계획을 진행하려 했던 미미르는 정말 당황하더군. 나도 처음에는 그의 성급한 모습을 이해하지 못했는데 쉬프터들의 조사 능력과 대응 속도를 보고 이유를 알 수 있었지."

"……."

"결국 미미르는 계획에 없던 수단들까지 남발했다네. 3세대 휀 라디언트를 동원하여 파프니르를 일깨우고, 그 파프니르를 이용해 자네들의 관심을 돌리려 한 것은 실수 중의 실수였지. 나중에 미미르가 파프니르의 코어를 회수하기 위하여 치른 희생은 눈물이 날 정도였어. 사냥꾼들을 최소한으로 동원하여 파프니르 코어를 회수하려 했다네. 그야말로 좇기는 짐승의 모습이었지."

"축제였겠군."

프라이오스는 그 꼴을 자신의 눈으로 보지 못한 것에 대한 아쉬움을 그렇게 표현했다.

"덕분에 난 미미르의 간섭 없이 위그드라실을 재건할 수 있었네. 방금 자네에게 아스가르드의 영역이 날아갔지만 말일세."

"이것은 내 나름대로의 배려다."

프라이오스는 자신이 뽑았던 오딘의 눈을 다시 구겨 넣었다. 넣는 방법은 거칠었지만 한 번 뽑히고 구겨졌던 그 눈은 말끔한 모습으로 오딘의 의지에 따라 움직였다.

"배려라고?"

"네놈이 원하는 바가 아니었던가? 이 상황 자체가 말이다."

오딘은 오로지 자신만이 무력하게 존재하는 공간을 눈으로 둘러본 후 쓴웃음으로 말을 대신했다.

프라이오스는 자신의 몸에 딱 맞는 큰 의자를 창조한 후 그곳에 앉아 오딘의 머리를 봤다.

"울며 빌어도 좋다. 받아주지. 단, 진심으로 울어라. 그렇지 않으면 넌 그 상태로 이곳에 영원히 방치될 것이다."

"자네 앞에서 눈물을 보인다고 해결될 일은 없을 것 같은데? 잘못한 것도 딱히 없고."

"적지 않은 수의 어린 동포가 네놈의 계획에 휘말려 사라졌지."

"아, 그 부분은 확실히 사과해야겠군. 하지만 나 역시 많은 것을 잃어야 했다네."

"잃었다는 말과 버렸다는 말의 차이를 구분하지 못하나 보군, 오딘이여."

"그에 대한 논쟁을 왜 사이악스가 아니라 그대와 해야 하는가? 그리고 자네의 동포들은 내 계획만이 아니라 사이악스의 계획에도 휘말렸다네. 그 계획이라는 것이 무엇인지 알고 이곳에 왔기를 바라네."

"네놈의 머리 옆에 사이악스의 머리도 함께 걸어 장식할 예정이니 걱정하지 마라."

그 이후 잠깐의 침묵이 이어졌다.

오딘은 딱히 할 말이 없었고 프라이오스도 그에게서 교활함을 느끼지 못했다.

"아무튼 이 위그드라실에 담긴 네 뜻은 잘 알았다, 오딘이여. 원탁이 왜 만들어졌는지도 알겠군."

프라이오스가 자리에서 일어나자 그가 만든 의자가 사라졌다.

"그 용맹함에 대한 대가로 네 계획을 조금 도와주도록 하지."

"어떻게 말인가?"

질문을 한 오딘은 자신이 방금 전 프라이오스에 의해 위그드라실의 영역과 함께 분쇄됐던 흐리드스칼프에 멀쩡한 몸으로 앉아 있는 것을 느꼈다.

되돌아온 것은 오딘의 몸과 의자뿐만이 아니었다. 파멸되어 허무 그 자체로 변했었던 원탁의 구성원들이 갑자기 자신의 눈앞에 나타난 프라이오스의 모습을 보고 긴장했다.

제 모습을 되찾자마자 가장 먼저 움직인 자는 오딘의 뒤편에 서 있던 하이엘바인이었다.

본래의 금색판금철갑은 녹색으로 빛났고 그녀의 눈동자 역시 같은 색으로 빛났다.

궁니르를 들고 프라이오스를 향해 돌진하던 하이엘바인은 궁니르의 끝이 프라이오스의 두건에 닿기 직전 튕겨 나가 오딘의 옆을 스치며 회의실의 벽에 처박혔다.

하이엘바인은 팔다리의 뼈가 모두 부서지고 이리저리 돌아가 끔찍한 모습이 되었다. 그녀의 일부라고 할 수 있는 판금철갑의 형태조차도 찰흙처럼 뭉개졌으나 그녀는 어떻게든 저항하여 일어나려 했다.

하지만 자신이 벽에 박혀 있다는 '사실' 그 자체를 바꾸지는 못했다.

"난 프라임들의 의장인 프라이오스다."

그 직후 오딘의 옆에 앉아 있던 악신, 아롤의 머리가 술병으로 변했다. 뿐만 아니라 제홉의 몸과 몸 사이에는 벽돌로 된 벽이 등장하여 양쪽의 결합을 방해했다.

"더 즐거운 모습으로 변하고 싶은 자들이 있다면 마음껏 허튼 생각을 하도록 해라. 무능함이 무엇인지를 깨닫도록 해주지."

뒤이어 프라이오스는 오딘을 향해 오른손을 내밀었다.

오딘의 의자 등받이 위에 장식물처럼 앉아 있던 두 마리의 까마귀, 후긴과 무닌이 날아올라 그의 오른쪽 팔뚝에 앉은 뒤 프라이오스에게 재롱을 부렸다.

그것은 오딘과 그 창조물들 사이의 인과관계가 뒤틀렸다는 증명이었다.

후긴과 무닌이 얼마나 강력한 수호물들인지 잘 아는 원탁의 구성원들은 더 이상 아무런 행동도 할 수 없었다.

"프라임들이 이 세계에 간섭할 수 없다는 사실, 즉 진정한 자유라는 것을 갈망하여 오딘을 따르기로 한 자들이 있을 것이다. 그들에게는 내가 이곳에 있다는 사실 자체가 절망스럽겠지. 하지만 안심해라. 너희의 값싼 자유와 이 시시

한 터전이 우리의 관심을 받을 가치가 없음을 이 자리에서 확실히 말해주마."

"그렇다면 왜 이 자리에 나타나서 시비를 거는 것이냐!"

고함을 지른 아롤이 이번에는 비정상적으로 거대하고 맛깔나게 구워진 통닭으로 변해 원탁에 놓여졌다.

프라이오스스의 팔에 앉아 있던 후긴과 무닌이 가볍게 날아올라 그 통닭을 향해 접근하며 식욕을 드러냈다.

까마귀들의 부리에 아롤이 쪼이기 직전, 프라이오스스가 까마귀들의 움직임을 제지했다.

"네놈들과 이 세상에는 분명 가치가 없지만 그 무가치함을 위해 나의 어린 동포들이 희생된 것은 분명하지. 그에 대한 분풀이를 할 겸 너희에게 제안을 하나 하마."

프라이오스스의 머리 위에 리오 일행의 모습이 떠올랐다.

"너희는 이들과의 싸움을 앞두고 있을 것이다. 방금 전까지는 가벼운 오락쯤으로 여겼겠지만 지금부터는 그 조건이 달라질 것이야."

프라이오스스의 가면에서 붉은색의 빛이 타오르듯이 빛났다.

"닷새를 주마. 너희가 그 안에 저들을 없애지 못하면 너희가 그리도 누리고 싶어 하던 자유를 빼앗겠다. 너희 전원을 아우터 갓으로 만들고 온갖 것을 부어 먹여서 수십억 년

동안 살찌운 후 적당한 때가 오면 도축해 주지."

"……."

"내 말이 농담이라고 생각되나?"

프라이오스의 가면이 다시 빛나자 오딘과 하이엘바인을 제외한 모든 이가 원탁 위에 놓인 통닭에게 참을 수 없는 식욕을 느꼈다.

상대가 아롤임을 알면서도 그들은 간단히 이성을 상실하고 말았다. 그것이 프라이오스가 말한 진짜 '사육'의 맛보기라는 사실에 모든 이가 전율했다.

"닷새다."

프라이오스의 한마디에 모든 것이, 통닭으로 변한 아롤까지 제 모습을 되찾고 자기 자리에 앉혀졌다.

"그 안에 저들을 처리해 봐라. 성공하면 너희에 대한 모든 간섭을 중단하겠다. 이것은 프라임들의 의장으로서 하는 약속이다."

선언을 하자마자 프라이오스의 가면 속에서 웃음소리가 났다.

"사실 돼지처럼 사육되는 것도 나쁘지 않아. 기생충이나 질병 때문에 고통받지 않도록 우리가 관리를 해줄 테니까. 당연하지만 굶주림은 없다. 예방접종도 무료다."

"……."

"알아서 행복을 찾아가도록."

프라이오스가 사라졌다.

프라임의 의도된 공포가 아니라 원탁의 구성원들 스스로가 갖게 된 공포가 분위기를 무겁게 했다.

마음이 편한 자들도 있었다. 자유가 아니라 오딘의 '뜻'에 동조하여 원탁의 구성원이 된 자들이 그러했다.

"우하하하하! 뭘 그리 걱정하는가?"

오딘이 탁자의 팔걸이를 내려치며 호쾌하게 웃었다.

"고작 셋이야. 저들을 물리치면 이 전쟁은 끝나고 우리는 원하는 것을 얻게 되지. 우리가 각오한 고난에 비하면 정말 가벼운 것이 아닌가?"

오딘의 말에 분위기가 다소 누그러들었다.

"싸울 준비를 하세, 동지들이여."

프라이오스가 나타나기 전까지만 해도 조금 나른한 느낌이었던 모든 이가 팽팽한 긴장감 속에 바삐 움직였다.

* * *

"흠, 대충 됐구려."

주신계 천사들이 거주하는 구역과 자신의 거처만을 제외하고 모든 신계를 잃은 하이볼크의 앞에 프라이오스가 바삐 나타났다.

거처에 혼자 앉아 있다가 그가 불쑥 나타나자 소녀 모습의 주신, 하이볼크는 눈살을 구겨 불쾌감을 드러냈다.

"뭐가 됐단 말이오?"

"내 계산상 그대의 세계는 엿새를 버티지 못하고 위그드라실이 일으킨 불균형에 의해 붕괴된다오."

"닷새입니다!"

하이볼크가 기세 좋게 소리쳤다.

"좋소. 아직 정신은 제대로 박혀 있구려. 그 시기에 맞춰서 토끼몰이를 해놨으니 안심하시오."

"……."

간단한 시험을 당한 하이볼크는 정말 할 말을 잃었다.

"난 프라이오스라고 하오. 그리고… 음, 오늘 하루 내 소개를 몇 번이나 하는지 모르겠군. 내가 프라임이라는 것은 대충 알 거고 싸우려고 온 것이 아니라는 사실도 알 테니 긴장 말고 앉으시오."

프라이오스가 하이볼크에게 왼손을 내밀었다. 프라이오스의 손 위에 큰 그릇에 담긴 파르페가 생성되었다.

"괜찮다면 드시오. 식사는 기분을 안정시키지. 그대의 마음이 흔들리지 않아야만 그대의 무기가 되어 싸우고 있는 자들도 안정될 것이오."

엉겁결에 그 큰 파르페를 받아버린 하이볼크는 의자 바로 옆의 계단에 앉아 다른 파르페를 만들기 위해 고심하는 프라이오스를 가만히 쳐다봤다.

그녀의 시선을 느낀 프라이오스는 무슨 일이냐는 듯 마주 봤다.

"아."

프라이오스는 이내 숟가락을 만들어 하이볼크에게 건네주었다.

고작 숟가락 때문에 프라이오스를 쳐다본 것이 아니었던 하이볼크는 숟가락과 파르페를 양손에 각각 든 채 눈을 찡그려 감았다.

"제가 할 수 있는 일이 대체 뭐가 있단 말입니까?"

"그대가 피엘 플레포스 비서관에게 부여해 준 비장의 힘도 막상 그대가 정신을 못 차리면 무용지물인 능력이 아니오?"

프라이오스의 대답에 하이볼크가 움찔했다.

"어떻게 아셨습니까?

"설명해 주기도 미안하고 피곤하니 일단 그거나 드시오. 좀 쉬어 갑시다."

프라이오스는 가면의 아랫부분을 열고 자신이 만든 파르페를 덥석덥석 먹었다.

하이볼크는 그 모습이 부러웠다. 자신도 근심 없이 뭔가를 좀 퍽퍽 먹고 싶었으나 심리적인 압박감이 숟가락을 든 손을 용서하지 않고 있었다.

“당신들과 맞선다는 것 자체가 어리석은 일이라는 것은 처음부터 알고 있었습니다.”

“왜 어리석은 일이라 생각하셨소? 우리가 너무 강해서?”

말을 받고 질문을 한 프라이오스는 다시 파르페를 떠서 입에 넣었다.

“당신들을 굳이 알아야 할 필요가 없었기 때문입니다.”

하이볼크가 대답했다.

“보이지 않는 공포라는 것은 어디에나 존재합니다. 예를 들지요. 여름과 겨울이 왜 다른지, 또 어째서 계절이 바뀌는지 그 원리를 이해하지 못하는 자들은 분명 그것들을 조절하는 ‘신’ 이 있을 것이라 생각하게 됩니다. 그 신은 보이지 않는 공포로서 인간들 위에 군림하고 이야기로서 구체화하지요. 무식이 낳은 그 가상의 공포와 당신들의 차이가 무엇일까요?”

하이볼크가 질문하자 프라이오스는 자신의 숟가락을 파르페가 든 컵 안에 넣고는 검지만 편 손을 까딱거렸다.

“딱히 몰라도 먹고 살아가는 것에 지장이 없다는 것이오.”

"말씀하신 그대로입니다."

한탄하듯 말한 하이볼크는 초콜릿과 바나나가 주를 이룬 그 파르페를 가만히 보다가 결국 한 숟갈을 떠서 입에 물었다.

그것은 그야말로 굉장한 맛이었다.

천연에서 추출한 재료를 살짝 얼린 것으로 정말 이러한 맛이 나올 수 있는지 궁금할 만큼 신비롭고도 깊이가 있는 달콤함이 하이볼크의 안색을 바꿔놓았다.

그녀가 맛에 압도되어 침묵하자 프라이오스의 가면 속에서 목소리가 나왔다.

"하지만 모든 이가 그러한 것들을 그저 무력하게 받아들이기만 했다면 진화와 혁신, 발전이라는 단어는 존재조차 할 수 없었을 것이오. 그 도전의 결과들은 항상 권력과 정치, 무기에 이용되어 비극을 낳지만 그렇다고 경작지의 안전을 걱정하여 그러한 도전의 정신을 막기도 뭐하더이다."

"어째서 그러셨습니까?"

"주인께서 그들에게 허락하신 능력이자… 도전이라는 것은 언제 봐도 눈부실 만큼 부럽고, 안타까울 만큼 찬란하며, 생각을 할 줄 아는 자들이 저지를 수 있는 가장 순수한 행동이 아니오?"

"……."

"그 파르페의 맛도 내 나름대로 도전해서 이룩한 것이오."

하이볼크는 그 말을 듣고는 숟가락을 문 채로 입을 다물었다.

"프라임이라 해도 그렇게 만능은 아니라오."

프라이오스가 자랑한 그 낯선 맛은 하이볼크의 추억을 자극했다.

오딘이 아직 어린 하이볼크를 데리고 아스가르드의 축제에 처음 나가서 맛보여준 것은 양고기 구이였다. 고기의 신묘한 감촉과 잘 버무려진 향신료의 맛이 당시의 하이볼크에게 도저히 잊을 수 없는 추억을 안겨주었다.

그때의 뜨거움과 지금의 시원함이 하이볼크의 마음을 다시 흔들어놓았다.

"저는 아버님을 정말 좋아합니다."

"그런 것 같구려."

하이볼크는 어찌 알았냐는 눈으로 프라이오스를 봤다.

"성격의 질이 나쁜 신이었다면 내 파르페를 먹지도 않았을 테니까 말이오."

파르페로 해석을 당했다는 것이 조금 분했지만 하이볼크는 그를 상대로 이야기를 계속할 수 있을 것 같다는 믿음을 가질 수 있었다.

"이 모습으로 그분과 함께 다닐 기회는 실로 몇 번 없었습니다. 하지만 그때마다 저는 주신에게 어울리지 않는 행복함을 느꼈습니다."

"흠, 그럼 언제부터 오딘에게 반항심을 품었소?"

자신의 파르페를 모두 비운 프라이오스는 컵과 숟가락, 그리고 남은 음식물들을 손바닥 위에서 깔끔하게 소거했다.

하이볼크의 눈빛이 흐려졌다.

"아버님께서 저에게 무릎을 꿇고 항복을 하셨을 때부터였습니다."

"그 모습이 안타까웠소?"

"아닙니다."

프라이오스는 하이볼크의 눈동자가 트라우마로 인해 미묘하게 흐트러지는 것을 가만히 지켜봤다.

"아버님께서 항복하시는 순간 저는 악당이 되었습니다. 저는 제가 사랑했던 위그드라실을 제 손으로 파괴해야 했고 미미르가 설계한 그대로 세 명의 창조주가 힘을 모아 이 큰 세계를 창조해야 했습니다."

"설계 목적은 들었소?"

"흥미를 가지고 관찰할 자가 있을 거라고 하더군요. 그 관찰자가 사이악스 프라임이라는 사실은 정말 최근에 알게 되었답니다."

"……."

"처음부터 제 뜻대로 이루어진 것은 아무것도 없었지요. 이루어진 방향이 옳다고 판단했다면 저는 따랐을 것입니다. 그러나 그렇지 않았습니다."

"어째서 그러셨소?"

"미미르가 두려워서였습니다. 그의 눈빛은 항상 공허했고 마음은 다른 것을 노리고 있었지요. 그러한 자가 짠 계획이 적어도 우리를 위한 일은 아니지 않겠습니까?"

프라이오스는 이해한다는 듯 고개를 끄덕거렸다.

"그래서 아버님의 계획을, 그리고 미미르의 계획을 방해하기로 했습니다."

"그래서 하이엘바인을 역사의 저편에서 꺼내지 않았구려?"

"방해도 방해지만… 그 아이의 결말은 희생뿐이었으니까요. 저는 제 동생이 그런 식으로 이용당하여 희생당하는 것을 용납할 수가 없었습니다."

"하이엘바인과 친하긴 했소?"

"……."

"흠. 계속 얘기하시오."

오랫동안 침묵했던 하이볼크는 프라이오스의 파르페를

조금씩, 그리고 꾸준히 떠먹으며 이야기를 계속했다.

"어느 날, 쉬프터의 킹 클래스가 갑자기 우리의 신계를 습격했습니다. 그때 느낀 쉬프터에 대한 공포는 저의 모든 것을 바꿔버렸지요. 아, 그때 품었던 궁금함을 오늘 풀 수 있겠군요. 답변해 주실 수 있습니까, 프라이오스 님?"

"킹 클래스가 이 신계를 끝장내려 한 이유 말이오?"

사이악스가 남긴 자료를 모두 살펴봤던 프라이오스는 하이볼크가 그러한 질문을 할 것이라고 어느 정도 예상하고 있었다.

"그렇습니다. 저는 그때까지 쉬프터들을 자극한 적이 없었습니다. 킹 클래스는 그날 대체 왜 강림한 것입니까?"

가장 듣기 싫었던 질문이 결국 나오자 프라이오스는 대답에 잠시 뜸을 들였다.

"분명 그대들에게 있어서 날벼락과도 같은 일이었을 것이오. 사실 제대로 된 절차를 밟아 시행된 일도 아니었다오. 그에 대한 사과의 의미로 내가 이곳에 있는 것이오."

"예?"

하얀 우주의 의지에 대해 거의 모른 채로 상대가 움직이기만을 기다렸던 사이악스는 결국 인내심이 바닥을 드러내는 것과 동시에 이성을 상실하여 킹 클래스를 동원하고 만다.

그것이 하이볼크가 처음 겪은 멸망의 진실이었지만 프라이오스는 자기 입으로 자신의 형제가 '그냥 인내심을 잃고 미쳐서 그랬다' 는 말을 정직하게 꺼낼 체면이 없었다.

하지만 그냥 대충 덮어버릴 만큼 사이악스의 사정을 봐줄 생각도 없었기에 프라이오스는 최대한 좋게 말을 하기로 했다.

"사이악스는 자신의 능력을 과신했다오. 나의 그 미치도록 영리한 형제는 하얀 우주의 의지, 그러니까 당신이 미미르라고 알고 있는 존재가 오딘과 함께 뭔가 수작을 부리고 있음을 애초에 알고 있었다오."

하이볼크는 파르페 속에 숟가락을 넣은 채 프라이오스의 이야기를 가만히 들었다.

"사이악스는 그대뿐만 아니라 하이엘바인의 정체도 애초부터 파악하고 있었소. 뿐만 아니라 그대가 막연히 킹 클래스에 대항하기 위하여 지크 스나이퍼를 만들고 성장시킨 순수물리학의 공간도 파악했다오. 유리 가가린 어쩌고 하면서 좋아하더군."

"아……."

하이볼크가 허탈해했다.

"정확한 과정은 자료가 없어서 자세히는 모르지만 내가 아는 사이악스였다면 아마 그 지크 스나이퍼를 첫 번째 표적으로 삼아 쓰러뜨리기보다는 어떻게든 이용하여 멸망에 동참시키려 했을 것이오. 그래야 당신이 더 좌절할 테니까."

하이볼크는 악마왕 사탄으로서 살아왔던 킹 클래스가 굳이 지크를 부추겨 파괴에 동참시킨 이유를 그제야 알 수 있었다.

"그런데도 불구하고 사이악스가 태초에 당신의 세계를 부수지 않은 이유는 언젠가 미미르가 움직일 것이라 믿었기 때문이오. 하지만 사이악스는 미미르를 몰라도 너무 몰랐지."

"너무 몰랐다면……."

"미미르는 이 세계와 이 세계에 자신이 투입한 각종 자원에 집착할 이유가 전혀 없는 존재라오. 장난을 칠 장소와 대상이 우주에 널렸다는 것을 우리 프라임들만큼이나 잘 아는 존재가 굳이 여기서 위험을 감수하고 승부를 걸 필요가 없지 않소? 깔끔히 버리고 다른 곳에서 새로운 수작을 부리면 되는데?"

"……."

"하지만 사이악스는 그가 승부할 것이라 확신했고 그 확신이 결국 절망으로 바뀌었소."

"그 절망이… 킹 클래스를 동원한 파괴였습니까?"

"그렇소. 어린애가 자기 뜻대로 움직이지 않는 장난감을 내던지듯 말이오."

자신이 겪은 멸망의 이유를 전부 들어버린 하이볼크는 결국 격분했다.

"저는 무력하게 용납했습니다! 그 일을 기점으로 오딘 님께서 실질적인 지배자가 되셨단 말입니다!"

"그렇소?"

"그럴 수밖에 없지 않습니까?"

그 회색 단발의 소녀는 상처로 일그러진 미소를 지으며 허탈하게 말했다.

"멸망을 막지 못한 저와, 멸망을 막았을뿐더러 쉬프터들 모르게 시간까지 되돌린 아버님 가운데 누구에게 세력이 더 쏠리겠습니까?"

프라이오스는 그 시간을 되돌린 자가 실은 오딘이 아니라 주인이라는 말을 할까 했지만 그것을 하이볼크가 어찌 받아들일지 알 수 없었기에 이야기하는 것을 보류했다.

"그래서 만들어진 것이 원탁이오?"

그리고 원탁에 대한 짧은 질문을 대신 던졌다.

"그렇습니다! 저를 따르는 자들은 킹 클래스에 의한 멸망 이후 새로 탄생한 어린 신뿐입니다!"

하이볼크가 격렬하게 대답했다.

"흠……."

프라이오스는 자신이 직접 보고 해석한 원탁의 구성원 및 그에 대한 의미와 하이볼크가 알고 있는 의미를 조용히 비교해 보았다.

'뭐, 원래 부모 자식이 서로를 더 모르는 법이지.'

프라이오스는 가면 속에서 연한 미소를 지었다.

"저에게 남은 것은 철저히 망가져 버린 전사들과 과거의 추억들, 그리고 저에 대한 믿음을 잃어버리기 시작한 피엘 플레포스 비서관뿐이었습니다."

"망가진 전사들?"

"한때… 가즈 나이트라고 불리던 자들이지요."

"오리지널 말이로구려."

"그렇게 불릴 뿐이지요. 그 이후에 만들어진 자들도 특별히 가짜는 아니었습니다만 피엘 플레포스 비서관은 그들에게 감정을 붙이기 어려워하더군요."

"그것이 바로 애착이라오. 애착은 가끔 가치관의 차이에 따른 병신 싸움… 아니, 사소한 분쟁을 몰고 다닌다오."

하이볼크는 냉정하게 분석하듯 말하면서도 흥분하여 진심 어린 막말을 토해내는 프라이오스가 얄미웠으나 한편으로는 그도 그러한 '가치관의 차이' 때문에 겪은 곤란이 꽤 많은 존재일지 모른다고 해석해 봤다.

"…아무튼 그들 중에서 리오 스나이퍼는 저도 모르는 사이에 강탈당했지요. 그나마 멀쩡하게 쓸 수 있는 자였는데 말입니다."

프라이오스는 연거푸 바뀌는 하이볼크의 표정을 관찰하다가 그녀의 손아귀 안에서 녹아버린 파르페에 눈을 돌렸다.

"그 망가진 오리지널들을 지금껏 보존한 이유는 무엇이오?"

"그들은 자유였습니다."

녹아서 검은색 물이 되어버린 파르페의 표면에 울상이 된 하이볼크의 표정이 반사되었다.

"아버님께도, 당신들에게도, 세상 그 누구에게도 얽매이지 않았던 저의 자유이자 제 이야기의 영웅들이었지요!"

프라이오스가 자리에서 슬그머니 일어났다.

"그렇다면 되살리고 보존한 것이 아니구려."

"무슨 말씀이십니까?"

"우리를 만나고, 세상이 멸망하고, 어린 시절 마주쳤던 주인님과의 추억이 공포로 변하면서 그들을 중심핵이라 불리는 과거의 결정체 속에 가둔 것이 아니었소? 가즈 나이트라는 이름과 함께."

하이볼크가 고개를 들고 프라이오스를 봤다.

"성급한 감상이시군요."

"그렇소?"

"비록 망가졌어도 그들은 그들입니다. 세월이 그들의 가치를 떨어뜨리고 운명이 그들을 농락했어도 그들이 맡아줘야 할 일들은 그들과 마찬가지로 변함이 없습니다. 그들의 이야기는… 아직 끝나지 않았습니다."

* * *

프라이오스가 닷새의 제한을 건 이후, 리오 일행은 끔찍할 만큼 밀려오는 적들과 쉴 새 없이 싸워야 했다.

천사와 악마들은 그저 끊임없이 생산되는 시간 벌이용 소모품에 불과했다.

하지만 그 소모품들을 처리하기 위해 움직일 때마다 리오 일행은 원탁의 일원으로서 자리를 바꾼 각 신계의 신들이 사용하는 권능에 쉴 틈 없이 저격당했다.

"이것들이 왜 꽁무니에 불이 붙은 짐승처럼 나서는 거지? 누가 부추기기라도 했나?"

리오가 소리쳤다.

"정말 쫓기듯이 오는데? 오딘 할아범이 채찍질이라도 한 거 아냐?"

"아무튼 지금은 머릿수에서 너무 밀리는군요!"

"머릿수보다는……!"

리오가 하늘 저편에 숨어 공격하는 신들 쪽을 노려봤다.

"저것들을 좀 어떻게 하고 싶군!"

"이제 됐어요!"

리오는 '뭐가?' 라는 질문을 피엘에게 던지고 싶었다.

피엘을 중심으로 광대한 크기의 입체마법진이 떠올랐다. 그리고 다음 순간 리오와 지크의 눈에 들어온 것은 신들이 숨어 있는 곳에서 무수히 치솟아오르는 순백색의 십자가들이었다.

"저건……?"

지크가 기억하기에, 저러한 빛을 남기며 신들을 무수히 탄핵했던 존재는 세상에 단 한 명뿐이었다.

신들이 사라진 장소에서 떠오른 빛이 이번에는 일행의 전방에 벼락처럼 떨어졌다.

마치 도장처럼 땅에 박힌 백색 십자가 속에서 천사와 악마들이 가리지 않고 탄핵되어 증발되었다.

그 중심에는 흰색의 전투 코트를 입은 남자가 힘을 주어 착지를 한 자세로 고요하게 앉아 있었다.

그 금발의 남자가 빛 속에서 일어났다. 손에 든 검의 자루에는 선신계의 것으로 보이는 또 다른 검의 자루가 추가로 붙어 있었다.

리오는 몰랐으나 지크는 그 모든 것을 한순간에 알아봤다.

"플렉시온에… 에릭튜드!"

"에릭튜드?"

처음 듣는 용어에 리오의 표정이 한층 더 일그러졌다.

"대장!"

지크가 외치는 반가움에 응하듯, 그 금발의 남자는 아이스블루의 눈동자를 지크 쪽으로 움직였다.

지크를 가만히 바라보던 그는 위쪽으로 가자는 듯 손을 올린 뒤 다시 빛으로 변해 사라졌다.

"어? 합류하는 게 아니었어요?"

지크가 피엘을 보고 물었다.

주변에 적이 없음을 확인한 리오는 방금 자신이 봤던 남자, 휀 라디언트의 모습을 다시 떠올려 봤다.

"방금 그 녀석은 내가 만난 사바신과 좀 다른 것 같은데?"

리오의 말에 피엘이 움찔했다.

"혹시 '그곳' 에서 사바신 커텔 님을 만나셨나요?"

"녀석은 그 기묘한 공간에서 아테나와 키르히, 그리고 그 흠집 난 가면을 쓴 룩 클래스를 감시하고 있었지. 어쨌거나… 녀석과 방금 나타난 휀은 왜 다른 거지?"

"다시 기회가 오면 말씀드리지요."

피엘이 다시 창을 들고 살기를 품었다. 천사와 악마, 그리고 또 다른 원탁 소속의 신들이 또다시 구름처럼 몰려오고 있었다.

"쉬어 갈 틈이 있을지 모르겠군."

"틈은 있을 거예요. 원탁 소속의 신들은 불멸의 권한을 모두 잃었으니까요."

"그래도 신은 신이니까 방심할 수가 없어. 당신이 더 잘 알겠지만 신들은 공격 속도와 방식이 다르다고. 게다가 이상하게 필사적이야."

휀의 출몰과 그 뒤에 이어진 리오의 이야기 때문에 마음이 어지러웠던 지크는 고개를 세차게 흔든 뒤 다시 집중했다.

"나도 느꼈어. 네오 올림포스 행성에서의 일이 유치원 운동회 정도로 느껴질 만큼 상황이 달라."

"그래도 두 분 모두 그때보다 강해지셨잖아요?"

"난 아니야."

리오가 자신 있게 고개를 흔들었다.

"예? 어째서죠?"

"아테나와 싸울 때 내 몸과 동기화를 했던 궁니르가 지금은 없어. 때문에 신들의 공격성 권능에 대항하는 것이 어려워졌지. 지금은 나보다 당신과 지크가 훨씬 더 나아."

갑옷 차림의 지크가 깜짝 놀라 리오를 봤다.

"지금 내가 너보다 강하다고?"

"그렇다니까?"

지크는 그 말을 믿을 수가 없었다. 피엘 역시 마찬가지였다.

확실히 신들은 몰라도 천사와 악마, 그리고 신들이 제조하여 뿌려대는 각종 공격성 기계 장비들을 베어 제거하는 리오의 모습은 궁니르를 동기화하여 몸에 품었을 때보다 더 살벌했기 때문이다.

'왜 저렇게 생각하시는 거지?'

적들을 앞둔 피엘에겐 대단히 신경 쓰이는 일이었지만 닷새라는 시간에 쫓긴 적들은 그녀에게 여유를 주지 않았다.

"신들은 제가 맡겠습니다!"

피엘의 등판에 아리스톤 합금으로 된 기계 날개가 다시 돋아났다.

지크는 송곳으로 찌르듯 대기를 관통하며 신들에게 돌격하는 피엘의 모습에 표정을 찡그렸다.

"다시 대장을 부르면 될 텐데, 왜 저러지?"

"……."

뭔가 말을 하려다가 다시 침묵을 선택한 리오는 다가오는 적들을 향해 디바이너를 들고 움직였다.

CHAPTER 106
속죄하는 자들

GodsKnight R

어린 소녀 모습의 하이볼크는 미묘한 부담감을 느끼며 도시를 걷고 있었다.

그 도시는 주신계의 도시가 아니라 인간들과 그 외의 지적 생명체들이 섞여 살고 있는 지상의 대도시였다.

변장조차 하지 않은 프라이오스는 뒷짐을 진 채 도시 정문을 향해 걸어갔다.

하이볼크는 기겁하여 뛰쳐나온 도시의 수호신과 성계신을 일단 돌려보낸 뒤 서둘러 프라이오스를 따라갔다.

평균 키의 성인 여성보다 두 배가량 큰 프라이오스의 신장은 비슷한 키를 자랑하는 대형 수인 부족들의 시선도 가볍게 잡아당겼다.

망토, 두건, 그리고 가면에서 풍기는 분위기 자체가 너무 압도적이어서 경비병들조차도 그에게 접근하지 못했다.

"대체 무슨 생각이십니까?"

어린 하이볼크는 정문을 통과하자마자 회색의 단발을 흔들며 고함을 질렀다.

"나, 우리 형제들, 어린 동포들, 그리고 당신까지. 우리 모두가 지금껏 저지른 잘못이 있다오."

"무엇입니까?"

프라이오스가 걸음을 멈추고 하이볼크를 쳐다봤다.

"세계에 대한 모든 것을 알고 있기에 직접 배우려 하지 않았다는 것이오. 자신의 창조물들이 실제로 어떻게 움직이고 있는지 스스로 확인해 본 일이 있소?"

프라이오스는 몸을 숙여 하이볼크의 둔부를 손으로 받쳐 들어 올린 후 그녀를 자신의 어깨에 앉혔다.

"이 도시에는 26억 4천만이 넘는 생명체가 살고 있소."

수십만이 아니냐며 따져 물으려 했던 하이볼크는 프라이오스가 곤충과 식물까지 포함했다는 사실을 간발의 차이로 깨달았다.

"하이볼크여. 창조주로서 당신은 무엇을 했소?"

프라이오스가 질문했다.

하이볼크는 방금 전 생명체의 숫자를 다르게 센 기억이 너무 강하여 세상 그 모든 것을 만들었다는 대답을 도저히 할 수가 없었다.

"흠, 질문의 범위를 조금 좁혀보겠소. 당신은 '방금' 무엇을 했소?"

"실수를 했습니다."

"실수를 하니 어떻소?"

"배우게 되는군요."

하이볼크는 흔들림 없이 자신을 옮겨주고 있는 프라이오스의 어깨를 자신도 모르게 손으로 짚었다.

거리에는 정말 많은 생물이 있었다. 하이볼크가 창조한 것들과 그 후예들이 창조주의 시야 속에서 활발하게 움직이며 살기 위해 애를 쓰고 있었다.

생각을 할 줄 아는 것들도, 곤충들도, 그리고 바람에 실려 날아가는 꽃가루들도 그 바쁨의 일부였다.

주신계에서 관리를 하며 가끔 구경할 때와는 그 느낌이 전혀 달랐기에 하이볼크의 회색 눈동자는 어느 것 하나도 놓치지 않았다.

프라이오스는 하이볼크의 손에서 자신의 어깨로 전해지는 미세한 떨림을 감지했다. 생물적인 떨림이 아니라 감정적인 진동이었기에 그처럼 초월적인 존재만이 느낄 수 있는 부분이었다.

"배우니 어떻소?"

"표현하기가 좀……."

하이볼크는 계속되는 질문에 짧은 답만을 내놓고 있는 자신이 너무나 작게 느껴졌다.

신이었기에 모습은 얼마든지 크고 웅장하게 바꿀 수 있었다. 그리고 역시 신이었기에 그것이 얼마나 덧없는 것인지도 알고 있었다.

"나는 뭔가를 배울 때면 정신이 맑고 서늘해짐을 느낀다오."

프라이오스가 말했다.

"청량함, 아니, 상쾌함? 표현하기 힘들다는 당신의 말이 정답일 수도 있겠소."

하이볼크는 너무 쉽고 평범하게 대답해 버리는 프라이오스의 모습을 받아들이기 힘들었다.

"당신은 프라임이지 않습니까?"

"그렇소. 그래서 인간들과 달리 뭔가를 남길 수가 없다오. 아무리 즐거운 배움이라 해도 자신만의 오락일 뿐이기에 조금 아쉽소."

고개를 끄덕거린 프라이오스는 갑자기 방향을 바꿔 어떤

가게로 향했다.

그곳은 마법으로 과즙을 막대 형태로 얼려서 파는 작은 가게였다.

근처에 그 빙과(氷菓)를 파는 가게는 수없이 많았지만 프라이오스가 선택한 가게는 그곳이었다. 상인들의 능력을 유전자 단위로 파악한 결과였다.

“오늘 추천해 주고 싶은 것 두 개를 주시오. 각각 다른 맛으로.”

주문을 받은 가게 주인은 길고 뾰족한 귀가 두드러진 요정족의 중년 여성이었다.

프라이오스와 하이볼크를 번갈아 바라본 가게 주인은 묘한 미소를 지었다.

“높으신 분들 같은데…….”

귀족이라는 뜻이 아니었다. 나름 500년을 넘게 살아온 그 중년 요정족 여성의 모든 감각이 프라이오스와 하이볼크를 제대로 감지하지 못하고 있었다.

그녀가 어렸을 때 숲 속에서 우연히 봤던 서룡족도 그 정도로 압도적이진 않았다.

지금은 평야의 한가운데에서 별이 가득한 밤하늘을 혼자 맞이하는 것만 같았다.

프라이오스의 가면 속에서 웃음소리가 났다.

"내 키가 다른 이들에 비해 크다는 것을 부정하진 않겠소."

"과연, 그렇군요."

농담에 안도감을 느낀 가게 주인은 곧장 빙과를 만드는 것에 몰두했다.

그녀가 만들어준 빙과는 프라이오스의 주문대로 둘 다 다른 색과 맛을 갖고 있었다. 하나는 보라색이었고 하나는 주황색이었다.

금화 하나를 소매에서 꺼내 지불한 프라이오스는 잔돈을 치르려는 가게 주인을 뒤로했다.

프라이오스는 보라색 빙과를 하이볼크에게 준 뒤 자신은 가면의 절반을 열고 주황색 빙과를 입에 물었다.

"과즙에 마법으로 정제한 당분과 안정제의 역할을 하는 식물의 수액을 섞었구려. 빙결을 위해 사용한 마법의 수준은 노년기를 넘긴 인간이 씹기에도 무리가 없을 만큼 적당하오."

프라이오스는 빙과를 오독오독 씹었다.

"이와 거의 비슷한 군것질거리를 형제들에게 직접 만들어 나눠준 적이 있었는데, 방금 내가 한 말들을 그대로 지껄여서 난 매우 상심했다오. 그냥 맛있다고 하면 되는데 말이오."

하이볼크도 빙과를 씹었다.

"그렇군요."

"음, 재미가 없었소?"

"형제분들의 이야기가 그리 와 닿지 않아서……."

"흠, 나도 가끔 그들을 이해하지 못한다오. 그래서 그들을 좋아하오. 형제은 물론 어린 동포들의 모습만 봐도 즐겁다오."

둘은 빙과를 먹으며 다시 길을 걸어갔다.

"프라임이라고 해서 그렇게 대단한 존재는 아니오. 모든 적대적 존재와 시도, 그리고 경우의 수마저 규탄할 수 있고 이 우주 전체를 멸망시킬 수도 있지만 그 멋지고 굉장한 일들이 최악의 상황을 전제로 한다는 것은 당신도 알 것이오."

프라이오스의 말대로 하이볼크 역시 자신이 만든 신계를 그냥 없었던 것으로 하고 스스로를 지워 버릴 수도 있었다.

그러나 하이볼크는 킹 클래스에게 멸망을 겪은 후에도, 그리고 세계 붕괴의 위기가 닥친 지금에도 자멸이라는 극단적 선택만큼은 자제하고 있었다.

"내가 맡은 1번 경작지의 첫 번째 신계는 500년을 채 가지 못하고 멸망했소."

"무엇이 원인이었습니까?"

"창조주가 너무 잘하려고 노력했다오. 피조물들이 원하는 모든 것을 만족시켜 주었는데, 그 때문에 발전을 하지 못하여 개체수가 급감하고 결국 절멸했소. 창조주는 좌절하여 자멸하고 말았다오. 그 결과 내가 수확한 힘은 정말 적었소."

"그래서 어찌하셨습니까?"

"일단 창조주들부터 부족한 존재가 되도록 규칙을 정했소. 형제들과 함께 고민도 했고 주인님께 도움말을 청하기도 했다오."

"당신들의 주인께서는 당신들에게 어떠한 도움을 주셨습니까?"

하이볼크는 프라이오스가 설마 거기까지 대답을 해줄지 궁금했으나 프라이오스는 일말의 불쾌감조차 드러내지 않았다.

"주인님께서는 다른 그 어떤 것보다 우연을 중시하시는 분이고 또 워낙 변덕스러우신 분이라 가끔 마음에 들지 않는 부분을 지적해 주시긴 해도 정확한 지시를 내리신 적은 몇 번 없으시오. 당신도 그분을 뵈었으니 그분에 대한 느낌은 잘 알 것이오."

빙과를 씹던 하이볼크의 턱이 잠깐 멈췄다가 다시 움직였다.

"저와 그분 사이의 이야기를 들으셨습니까?"

"당신에게서 주인님의 흔적을 느꼈소."

"제 기억을 읽으신 겁니까?"

질문을 하긴 했지만 경계심이 담겨 있진 않았다. 지금은 그냥 순수한 의문이었다.

"표정만 봐도 알 수 있소. 주인님과 한 번이라도 대화를 나눴던 존재와 그렇지 않은 존재의 차이는 제법 크다오. 주인님과 대면한 자의 기분은 아마 우물 밖으로 나온 개구리의 심정과 비슷할 것이오."

프라이오스는 말을 잠시 멈추고 빙과를 씹었다.

"하지만 이번에는 의미 있는 간섭을 하신 것 같소. 당신과 대화를 나눠보니 그렇구려."

"……."

"아무튼 경작지에 대한 해결책은 얼마 후에 수립할 수 있었소. 다소 위험했지만 부작용이 생길 경우 우리가 절대 책임을 진다는 명목하에 우리가 가장 싫어하는 요소를 경작지에 첨부했소."

"무엇입니까?"

"탐욕이오."

프라이오스는 아주 심각한 이야기를 빙과와 함께 씹으며 말했다.

"이후 신조차도 그 탐욕으로 인해 끝없는 부족함을 느끼게 됐고 그들의 창조물들 역시 탐욕에서 벗어날 수 없었소. 자신에게 없는 것을 갖기 위해 모든 존재가 발악했다오."

하이볼크는 오로지 힘의 수확을 위해 그러한 것들을 자신들에게 주입하려 했냐며 따지려 했다.

그러나 프라이오스는 곁을 지나가는 한 부부를 돌아봤다. 부인은 아이를 낳을 때가 가까워진 몸을 추스르며 길을 걷느라 힘겨워했고 곁에 있는 그녀의 남편은 그녀를 돕기 위해 갖은 애를 썼다.

"수명이 정해진 존재들, 예를 들어 인간은 후세를 낳으며 문명을 발전시켰소. 보다 나은 보금자리에 대한 욕구, 허기진 배를 따뜻하게 채우고픈 마음, 그리고 조금이라도 힘을 덜 들이고 싶은 게으름. 기타 등등."

하이볼크는 감각의 관점을 바꿔 이 도시에 만연한 탐욕을 감지했다.

만약 탐욕을 '절대 악'이라 가정한다면, 이 도시 전체는 그저 악의 소굴에 불과했다.

프라이오스의 이야기가 계속됐다.

"그러나 그 모든 것은 피조물들의 짧은 수명으로는 채워질 수 없는 것이었소. 그들은 대를 이어 탐욕을 이어나갔고 그 결과… 그들은 자멸하지 않고 진화와 발전을 거듭했소.

열정이라는 이름의 탐욕에 젖은 자들은 언제 봐도 생생했지. 우리 프라임들의 가장 큰 고민이 그렇게도 혐오하던 탐욕에 의해 해결된 것이오."

"……."

"그때부터 탐욕에 대한 나의 관점도 바뀌었소. 완전히 바뀐 것은 내가 이 우주를 한 차례 박살 낸 후였지만."

"예?"

"지나간 일이라오."

하이볼크는 그 오래된 일 덕분에 자신이 프라이오스의 어깨를 의자 삼아 앉아 있을 수 있는 것임을 직감했다.

"우리는 탐욕을 시작으로 경작지에 대해 각종 규칙을 수립했소. 그리고 어린 동포들의 숫자도 조금씩 늘렸다오."

"부하들 말입니까?"

"부하라는 말이 틀리진 않지만 그들은 프라임들과 마찬가지로 엄연히 주인께서 존재를 허락하신 동포라오. 다만 사이악스는 미친 주제에 결벽증까지 있어서 어린 동포들을 도구처럼 서슴없이 이용했소. 물론 주인님께서 그러한 것까지 감안하시어 사이악스에게도 어린 동포들을 보내셨을 테니 내가 간섭한 적은 없었소."

프라이오스가 말하는 어린 동포, 즉 프라임 이하의 쉬프터들이 어떠한 과정을 통하여 세상에 존재하게 되는지 전혀 모르는 하이볼크는 사이악스의 '결벽증' 이 무엇을 뜻하는지 전혀 이해할 수 없었다.

"하지만 지금은 간섭을 했었어야 했다고 생각하오."

프라이오스의 목소리가 조금 우울해졌다.

"한때 나는 나의 형제들, 그러니까 같은 프라임들을 가끔 거칠게 혼을 낸 적이 있소. 하지만 사이악스에게만은 그리 하지 않았소. 그 형제는 나와 너무 달랐으니까."

"그러한 이유로 혼내지 않았다니, 차별이 아닙니까?"

사이악스에게 네오 올림포스에서 굴욕과 공포를 경험한 하이볼크에게는 아쉬운 대목이었다.

"태생이 프라임이 아니라 수호자였기에 구태에 젖어 있던 나와 달리 그는 항상 진보적이었다오. 그리고 명예에 대한 미련도 없었소. 사이악스는 뭔가 특이한 것이 있으면 일부러 자세를 낮추고 모든 것을 관찰하며 습득했다오. 위험하다고 말려도 들어먹지를 않았다오."

빙과를 거의 다 먹은 하이볼크가 잠시 후 흠칫했다.

"그 특이한 것 중에 가장 최근의 것이 위그드라실이었습니까?"

"그렇소."

프라이오스는 빙과를 먹는 데 도움을 주는 나무 막대를 입에서 뽑아낸 후 다시 가면을 닫았다.

"나는 사이악스를 진심으로 꾸짖었어야 했소."

그는 나무 막대를 손으로 쥐어 으깼다.

"그 형제의 방식에 대해 지적하고 다른 형제들과 함께 토론했다면 당신의 신계가 이렇게 난장판이 되지는 않았을지도 모르오."

"……."

"하지만 일은 벌어졌고 나는 사과의 의미로 이곳에 있소. 물론 나의 일방적인 참견일 뿐이지만 말이오."

하이볼크는 아직 그를 이해할 수 없었지만 지금까지 들어온 이야기들과 말투를 토대로 한 가지 사실을 알 수 있었다.

"프라이오스 님은 실수에 익숙하시군요."

"그것이 내가 형제들과 어린 동포들 다음으로 소중히 여기는 보물이라오."

"의외로군요."

"하지만 실패는 하고 싶지 않소. 특히 숙적만큼은 내 손으로 반드시 잡을 것이오."

"미미르… 하얀 우주의 의지 말입니까?"

프라이오스는 고개를 가볍게 끄덕였다.

"아마 어딘가에 숨어 이곳을 구경하고 있을 것이오. 그리고 적당한 때가 되면 다시 나타나서 이 신계를 자신의 방식으로 부수려 할 것이오. 원래 그런 놈이오."

"당신이라는 존재 외에 대적할 방법은 있습니까?"

"단시간이나마 나와 동일한 힘으로 대적할 수 있는 존재가 그 녀석이라오. 당신을 포함한 그 어떠한 수단도 녀석 앞에서는 소용이 없소. 굳이 녀석이 아니라 가장 위험한 등급의 사냥꾼 하나만 나타나도 이 신계는 법칙의 붕괴로 인해 증발된다오. 그리고 나의 숙적은 그 위험한 놈들을 밀가루처럼 뿌릴 수 있소."

"사냥꾼들을 밀가루에 비유하시다니, 굉장한 자신감이시군요."

"나에겐 밀가루보다도 못하오. 놈들을 빻아서 반죽을 해도 빵을 만들 수는 없으니까."

"……."

프라이오스는 손으로 하이볼크의 등을 두드렸다.

"고민하지 마시오. 지금은 나와 거닐며 놉시다."

놀자는 이야기에 하이볼크는 대단한 부담감을 느꼈다.

"위그드라실의 일이 끝나면 우리를 어찌하실 생각이십니까?"

"내가 일방적으로 당신들을 어떻게 할 생각은 없소. 아마도 당신 스스로 결정할 순간이 올 것이오."

"그렇다면 고민을 하며 놀아야겠군요."

프라이오스는 고개를 살짝 끄덕거렸다.

"지금까지 긴 이야기를 한 보람이 있구려. 이것으로 당신은 사이악스와 내가 부여하는 시험을 모두 통과했소. 후회 없는 선택을 하시길 바라오."

"예, 프라이오스 님."

만약 하이볼크가 자신에게 친절한 프라이오스에게 이성을 잃고 도움을 청하거나 거래를 하려 했다면 프라이오스는 그 순간 모든 것을 뭉개 버렸을 것이다.

하이볼크는 프라이오스가 보여주는 모든 행동이 '시련'이었음을 일찌감치 깨달았다.

프라이오스는 하이볼크와 그녀를 둘러싼 것 전부를 당장 지워 버려도 양심의 가책마저 느낄 필요가 없는 존재였다. 그러한 존재가 하이볼크를 위로하고 지상까지 데리고 와서 조언을 해주는 것 자체가 비상식적이고 뜬금없는 일이었다.

하이볼크는 자신에게 기다리면서 생각을 하게끔 만들어 준 오딘에게 본의 아니게 감사했다.

"그렇다면 분위기를 띄워봅시다."

프라이오스의 가면에서 황금색의 빛이 흘렀다.

도시 전체의 나무들이 순백색의 꽃을 피웠고 뒤이어 큰 바람이 불었다.

만발하여 거리에 흩날리는 꽃잎 속에서 프라이오스의 하얀 망토가 부드럽게 흔들렸다.

"정리는 이 도시의 사람들이 하겠군요."

"……."

하이볼크의 지적에 프라이오스는 잠깐 움찔했을 뿐, 아무 말도 하지 않았다.

*　　*　　*

"슬슬 출출해지는데?"

일행과 함께 여덟 번째의 공격을 막아낸 지크는 배를 만지며 말했다.

리오는 말이 없었지만 그도 실은 배고픔을 느끼고 있었다. 그러나 주변의 짐승들을 사냥해서 대충이라도 구워 먹을 시간이 있을지 확신할 수 없는 상황이었다.

그러자 피엘이 코트 주머니에서 자신의 주먹만큼 큰 젤리 모양의 물체 두 개를 꺼내었다.

"이걸 드세요."

"비상식량인가?"

리오가 두 개 중에 하나를 집으며 물었다.

"비슷해요. 맛은 형편없겠지만 배고픔을 가시게 하기에

는 충분할 거예요."

"흠."

리오는 못미덥다는 표정으로 그녀가 준 음식을 받아 한 입 깨물었다.

맛은 유독성 화학약품에 가까웠다. 식감도 진흙을 씹는 것처럼 처참했다. 하지만 피엘의 말대로 출출함이 금방 가시고 정신도 맑아졌다.

'어렸을 때가 생각나는군.'

하이볼크를 만나기 전, 진짜 용병으로서 온몸에 피를 발라가며 처참하게 싸울 때의 기억이 리오의 머릿속에서 오랜만에 되살아났다.

'그 시절에 곰팡이와 함께 씹었던 빵보다는 낫지.'

그는 자신의 몸을 채워가는 힘을 감지해 봤다.

"부족한 것을 확실히 채워주긴 하는군."

"진짜?"

뒤로 한 발 물러나 있던 지크가 용기를 내어 피엘의 손에 들려 있는 젤리를 손에 쥐었다.

"으음!"

지크는 기합을 내지른 뒤 투구의 결속을 해제한 후 그것을 한입 깨물었다.

그의 턱이 젤리의 엄청난 맛으로 인해 위로 번쩍 들렸다.

마치 의자에 묶여 고문을 당하는 듯한 모습이었기에 리오는 쓴웃음을 지었다.

지크는 씹은 음식의 파편이 거머리처럼 입안에 달라붙은 것 같았기에 제대로 삼키지도 못했다.

“설마 이 상황에서 못 먹겠다고 토하진 않겠지?”

리오는 놀리면서 주먹 끝으로 지크의 배를 툭툭 건드렸다.

갑옷 때문에 충격이 전해지진 않았지만 대신 굴욕감이 지크의 몸에 확실히 파고들었다.

‘제길!’

입속의 젤리를 삼킨 지크는 리오가 보는 앞에서 남은 젤리를 모두 입에 쑤셔 넣고 한꺼번에 삼켰다.

입안에 남은 맛 때문에 그의 표정은 엉망이었으나 리오의 말대로 배고픔과 갈증 등이 모두 사라졌기에 입가를 닦는 것으로 모든 불만을 마무리했다.

“저기요, 비서관. 발할라에 도착할 무렵에는 이걸 몇 개나 먹고 있을까요?”

“일단 저기 오신 분을 어떻게든 해야 계산할 수 있겠네요.”

지크는 피엘이 눈으로 가리킨 곳을 돌아봤다.

그곳에는 작은 집 규모의 하얀색 구름을 밟고 서 있는 사내, 제천대성이 자신의 존재감을 뚜렷하게 과시하고 있었다.

"여어, 애송이들. 오늘 하루 수고가 많네?"

제천대성이 꼬리를 흔들며 밝게 웃었다. 마치 친구를 대하는 듯한 모습이었고 실제로 리오 일행은 그에게서 단 한 점의 살기도 느끼지 못했다.

리오 일행이 오늘 하루 쓰러뜨린 자들과 달리 부하들도 데려오지 않았다.

"어이, 원숭이 아저씨."

지크가 그를 불렀다.

"왜?"

공중제비를 돌며 구름을 벗어나 땅을 밟은 제천대성은 뭐든 물어보라는 식으로 눈두덩을 움직였다.

이윽고 지크가 물었다.

"원탁이라는 게 대체 뭐야? 무조건 오딘 할아범을 따라가는 멍청이들의 모임인 거야?"

"왜? 아닌 것 같아?"

"아저씨가 영원한 생명이나 불멸의 지위 같은 것에 매달릴 바보는 아니잖아?"

"하, 네가 나에 대해서 뭘 알아?"

제천대성의 원숭이 얼굴이 단숨에 일그러졌다.

"난 어렸을 때부터 그런 놈이었어. 잘 먹고 잘살겠다는 생각만으로 천상을 난장판으로 만든 깡패라서 제천대성이라는 이름이 붙었지. 지금은 방식만 달라졌을 뿐이야. 난 원래 욕심쟁이라고."

"내가 그런 거짓말에 속을 놈으로 보여?"

"거짓말? 이 제천대성이 겨우 수천 년을 살아온 애송이에게 거짓말을 할 놈으로 보이나?"

"지금 죽으려고 왔잖아?"

"……."

지크의 지적에 잠깐 표정을 잃었던 제천대성은 이내 피식 웃고는 귓속에서 붉은색의 작은 막대를 꺼냈다.

"됐으니 한판 붙자고."

그 막대는 곧 양끝에 황금색 구슬이 달린 긴 봉으로 변했다.

피엘이 그 무기를 보고는 대단히 의아해했다.

"여의금고봉? 라그나로크에서 하이엘바인 님과의 교전 중에 부서졌을 텐데, 언제 복제하신 겁니까?"

"복제품이 아니야, 비서관."

제천대성은 오른손에 든 봉을 왼손으로 두드렸다. 봉 전체가 진동하면서 주변의 나약한 물질, 즉 바위나 나무들을 전부 압착시켰다.

"하이엘바인 님이 되돌려 줬어. 그분의 '이야기' 안에 고스란히 들어 있었지."

"그렇군요."

기억하고 있는 것을 모두 실체화시킬 수 있는 하이엘바인의 능력을 다시금 확인한 피엘은 두려움을 느꼈다.

하이엘바인의 기억, 아니, 이야기 속에는 지금 곁에 있는 리오와 지크, 각종 사냥꾼, 더불어 사이악스마저도 들어 있기 때문이었다.

'하이엘바인 님께서 스스로가 되살리신 이야기들을 마음대로 조종하실 수 있다면 프라임 클래스와의 대면이라는 최악의 상황이 벌어지겠지.'

피엘은 프라이오스가 자신들에게 지나칠 만큼 간섭한 이유도 그 때문일지 모른다는 생각을 해봤다.

"아무튼 내 상대는 누구지? 빨간 머리인가, 아니면 얼간이 지크인가?"

제천대성이 물었다.

"이 피엘 플레포스가 당신을 상대하겠습니다. 제천대성이라는 이름에는 그만한 가치가 있지요."

피엘은 프라이오스가 만들어준 그 이름 없는 창을 손가락으로 돌리며 그에게 다가갔다.

"허, 비서관. 너무 무리하는 거 아니야? 천기병장 시절의 당신이라면 모를까, 지금은……."

제천대성의 걱정이 끝나기도 전에 피엘의 둥글고 풍성한 단발이 마치 왕관처럼 위쪽으로 날카롭게 올라갔다. 더불어 등 뒤에서는 기계골격을 갖춘 40여 장의 날개가 뻗어 나와 황금색으로 찬란히 빛났다.

파란색에서 붉은색으로 변한 그녀의 눈동자가 역사를 반복하면서까지 신들을 탄핵해 왔던 자로서의 위엄을 드높여 주었다.

"후배들이 워낙 잘해줘서 굳이 이 모습을 유지할 필요가 없었지요. 만족하십니까?"

잠깐 할 말을 잃었던 제천대성이 쓴웃음을 지었다.

"그 영겁의 세월 동안 우리를 멋지게 속였군. 분명 하이엘바인 님과 관련된 첫 번째 사건에서 어떤 여신에게 패배할 뻔했을 텐데?"

"아, 그 계집애 말이죠? 그때 그 애를 찢어발겼다면 하이볼크 님과 저는 당신들에게 집중적으로 견제당했겠지요. 그때는 스스로의 생각조차 속이느라 힘들었어요."

제천대성과 피엘의 거리가 점점 좁혀졌다.

천기병장으로서의 모습을 직접 보는 것이 처음인 지크는 옆에서 팔짱을 끼고 서 있는 리오를 슬그머니 바라봤다.

"비서관이 강하다는 건 알고 있었는데, 저 정도였어? 느껴지는 위압감이 장난 아닌데?"

"아카식 레코드 속에서 저 여자랑 싸워봤는데, 아테나가 도와주지 않았다면 정말 죽을 뻔했지. 기억 안 나? 비서관은 무려 라그나로크 시절의 하이엘바인을 따라잡기 위해 하이볼크가 만든 존재라고."

"어, 그럼……."

"우린 지금 전설을 보고 있는 거야."

제천대성도 피엘에 맞서 걸어갔다.

서로가 서로의 간격에 들어간 순간 피엘과 제천대성의 맨주먹이 상대방의 얼굴에 꽂혔다.

피엘은 머리카락이 말려 올라가 드러난 이마로 제천대성의 주먹을 받아냈고 제천대성은 왼쪽 볼에 피엘의 주먹을 맞았다.

받은 것과 맞은 것은 분명 개념이 달랐다. 그러나 서로의 뒤편에서 벌어지는 광경은 거의 동일했다.

지면을 대신하는 위그드라실의 나뭇가지가 늙은 소나무의 껍질처럼 밀리고 찢어지며 하늘을 향해 터져 올라갔다.

리오와 지크는 자신들마저 집어삼킬 뻔한 그 '산맥'을 피해 하늘로 날아올랐다.

"창으로 산맥을 만들 수 있다고 얼핏 들었는데, 창을 쥐고 주먹으로 만든다는 소리였나? 화산 폭발은 저리 가라 할 수준이잖아?”

급히 투구를 다시 쓴 지크가 감탄하자 리오가 쓴웃음을 지었다.

“화산 폭발? 하! 위그드라실의 나뭇가지에 금이 갔어! 그렇다면 대륙이 찢어진 것에 비유해야겠지!”

피엘과 제천대성은 주먹을 유지한 채 상대와 힘을 겨뤘다.

제천대성은 온갖 법술로 강화한 자신의 주먹을 이마로, 그것도 아무런 방어 수단 없이 받아내고도 멀쩡한 피엘의 모습에 전율했다.

‘이봐, 이쪽은 목뼈가 부러졌다고!’

그대로 창을 휘둘러 제천대성을 떨쳐낸 천기병장, 피엘은 오른손에 든 창의 모습을 대포의 모습으로 바꿨다.

시공간의 균열을 용접할 때 사용했던 것과 동일한 크기의 그 대포는 사실 아네라의 대 행성 파괴용 공성(攻星)전함의 모습을 그대로 복제한 물건이었다.

부러진 목뼈를 재생시킨 제천대성은 절제감이 없는 크기의 그 무기를 피하기 위해 발밑에 구름을 만들고 고속으로 움직였다. 그 속도는 네오 올림포스에서 아폴론과 대결할 때 발휘했던 속력 이상이었다.

그러나 제천대성은 그 거대한 탑과 같은 물건이 자신의

속도를 따라 움직이는 광경을 괴이한 눈으로 바라봤다.

'저 여자, 그냥 힘으로 신을 탄핵한 존재가 아니었어.'

제천대성은 몸 전체에 무리가 갈 만큼 속도를 올리고 이동 방향을 마구 틀어댔으나 피엘의 대포는 기계처럼 정확하고 빠르게 제천대성을 추적했다.

'저 여자는 신을 상위법칙으로 찍어 눌러 탄핵해 온 괴물이야! 하이볼크 님이 킹 클래스에게서 얻은 교훈을 바탕으로 한층 더 강화시켰군!'

상황을 판단한 제천대성은 속도에 소비되는 힘을 전부 방어로 돌렸다.

'하지만 빛과 열을 이용한 공격이라면 법술로 얼마든지 막을 수 있지!'

하지만 당장 제천대성의 눈앞에 들이닥친 것은 마찰열로 새빨갛게 달궈진 초대형 금속 탄환이었다.

고속으로 성질이 바뀐 법술의 장막이 탄환에 맞아 접시처럼 깨졌다.

궤도가 꺾여 하늘 저 멀리 튕겨 나간 탄환의 궤적은 마치 광선과도 같았다. 그리고 탄환이 밀고 지나간 대기의 빈 공간은 부서진 위그드라실의 숲과 가지의 파편들을 사정없이 빨아들여 소용돌이를 만들었다.

제천대성은 왼쪽 팔 전체와 가슴이 옥색의 갑옷과 함께

뭉개진 상태였다. 여의금고봉을 든 오른쪽 손목도 부러져 뒤틀린 채 덜렁거렸는데, 법술을 깨고 들어온 탄환을 급히 때려 꺾느라 발생한 결과였다.

그의 부상 부위와 갑옷은 금방 재생되었지만 제천대성이 겪은 정신적 충격은 상당했다.

"내가 법술로 막을 것을 계산했나?"

"법술의 형태를 해석하여 방식을 바꿨지요. 그보다… 정말 말이 많으시군요."

대답한 피엘은 대포 외부에 설치된 작은 포대를 작동시켜 빛과 금속의 탄환을 무자비하게 퍼부었다.

말이 작은 포대일 뿐, 포대들의 실제 크기는 인간들이 만들어낼 수 있는 가장 큰 목제 범선보다 컸다.

제천대성이 그 모든 것을 이리저리 피하는 사이 피엘은 다음 탄환에 쓰일 금속들을 위그드라실로부터 실시간으로 전송, 제련하여 포 내부에 장전했다.

첫 대형 탄환을 튕겨낸 뒤 몇 초 지나지 않아 또 한 번의 대형 탄환을 맞이한 제천대성은 그 대포의 위력에 적응이 끝났음을 과시하듯 여의금고봉으로 탄환을 때려 하늘로 날렸다.

갑옷의 분석 능력으로 방금 피엘이 쏜 대형 금속 탄환의 위력을 산출한 지크는 너무 당황하여 헛웃음을 터뜨렸다.

"행성 한가운데를 관통할 수 있는 위력이잖아? 저런 미친 짓을 하는데 왜 후폭풍이 없지? 우리뿐만 아니라 이 일대가 전부 산산조각이 나야 한다고!"

지크가 당황하여 질문하자 리오의 눈썹 사이에 주름이 일어났다.

"비서관에게 적용되는 물리법칙이 우리에게 적용되는 것과는 다르다는 소리겠지. 저 여자가 과거에 신들을 탄핵해 온 방식 중에 하나일 거야."

"어떻게 했다는 거야?"

"하이볼크가 정한 규칙 위에서 노는 거지. 킹 클래스처럼 무조건 상대의 위에 놓인 힘을 휘두르는 거야. 그러면 신이고 뭐고 저 여자 앞에서 전부 다 기어 다닐 수밖에 없어."

"완전히 반칙이잖아?"

"저 여자는 하이볼크가 일으킬 예정이었던 반란의 유일한 정규군이야. 신계 전체를 상대로 싸울 능력 정도는 가지고 있었겠지. 그 대신 우리도 모르는 긴 시간을 세 번이나 반복해야 할 만큼 자신을 숨겨야 했어. 그리고 결국 해낸 거야."

"……."

리오는 제천대성을 추격하는 피엘의 모습과 그녀의 힘에 의해 부서지는 위그드라실의 나뭇가지들을 보며 담담히 웃었다.

"아직 진짜 힘을 발휘하고 있는 것도 아니지."

"정말?"

"저 여자는 우리의 시작품이야. 몇 가지 기술을 제외하고는 하이볼크가 우리에게 허락한 힘을 모두 사용할 수 있겠지."

대포를 창으로 다시 바꾼 피엘은 오비탈 드라이브로 제천대성에게 접근했다.

제천대성은 봉으로 그녀의 공격에 대응하려 했으나 괴력의 포탄을 연거푸 때려 날리느라 힘이 빠진 그의 팔은 피엘의 속도에 제대로 대응하지 못했다.

'이걸 노렸나, 비서관?'

창으로 제천대성의 법술을 깨며 몸 한가운데를 꿰뚫은 피엘은 등 뒤에서 움직이는 자신의 날개를 오비탈 드라이브로 이동시킨 뒤 제천대성의 몸 곳곳에 꽂아 넣었다.

확실한 상황을 만든 피엘은 몸 곳곳에서 피를 분출하는 제천대성의 머리를 왼손으로 거머쥐었다.

"당신이 원탁에 가입하여 '유일한 자'가 된 것은 매우 유감이었습니다. 하이볼크 님은 당신을 매우 좋게 평가하셨지요."

"이유를 듣고 싶어서 날 죽이지 않는 건가?"

"당신은 분명 자유분방한 분이지만 그래도 이런 식으로 영원히 살아가겠다는 생각을 하실 분은 아니시지요. 지금이라도 늦지 않았습니다. 원탁의 진실을 말씀하세요, 제천대성이시여."

"헤헤."

제천대성이 웃었다. 얼마나 쌓였을지 감이 오지 않는 지겨움이 그 웃음소리에 섞여 있었다.

"신계가 몇 번 바뀌어도 여자들은 비슷하군. 간단한 문제를 너무 복잡하게 부풀려 생각해 버리곤 하지."

피엘이 손이 든 창을 비틀었다. 창이 꽂힌 제천대성의 몸도 같은 방향으로 뒤틀렸다.

"원탁에 포함된 여자들도 그런 식으로 생각하시나요?"

"질문은 그만하고 어서 날 죽여, 천기병장. 그게 당신의 할 일이고 나에게서 얻을 수 있는 유일한 답이야."

"그건 당신의 사정입니다."

"날 모독하지 마!"

제천대성의 몸에 박혔던 피엘의 날개가 모조리 튕겨 나갔다.

그 원숭이 얼굴의 사내는 남은 힘을 모두 짜내어 자신의 몸에 박힌 피엘의 창을 밀어내었다.

"이런 식으로 죽어줄 생각은 없다고!"

제천대성의 몸에서 피어오른 붉은색의 기운이 거대한 제천대성의 모습으로 바뀌어 피엘을 향해 주먹질을 했다.

피엘은 그 주먹을 왼손으로 받아내고 그대로 창을 들어올려 제천대성을 끝장내려 했다.

그때, 하얀색의 무수한 빛이 피엘을 향해 집중적으로 쏟아졌다.

결국 제천대성을 마무리하지 못하고 창을 뽑아 뒤로 물러선 피엘은 여태껏 본 적이 없는 전신 갑옷을 입은 채 제천대성의 곁으로 내려오는 두 명의 천사를 지켜봤다.

“가브리엘 님과… 우리엘 님입니까?”

“그립고도 두려운 모습으로 돌아왔군요. 피엘 플레포스 비서관.”

아테나를 공격했을 때와 똑같은 흰색 갑옷의 가브리엘이 손으로 머리를 빗듯 투구를 제거하고 그녀를 봤다.

가브리엘의 온화한 표정을 본 피엘은 상당히 놀랐다.

“뵙지 못한 기간이 그리 길지는 않지만 확실히 변하셨군요. 장로천사 가브리엘 님.”

“이 가브리엘에게 아직 명예로운 의무가 있음을 깨달았을 뿐입니다.”

그는 붉은색의 전신 갑옷을 입은 우리엘과 함께 제천대성을 부축했다.

"피엘 플레포스 비서관이여. 이곳을 오르다 보면 큰 평원이 있습니다."

"비그리드를 말씀하시는 겁니까?"

"그렇습니다. 과거에 있었던 라그나로크 전쟁 때 혁명군과 오딘 님의 군대가 격돌했던 장소입니다. 그 투쟁을 위한 장소 역시 그대로 복원되었습니다."

"그 장소를 말씀하시는 이유는 무엇입니까?"

"우리는 그곳에서 그대들과 결전을 치르고 싶습니다."

비그리드 평원에 담긴 의미를 모르는 리오와 지크였지만 결전이라는 말을 듣자 상쾌함과 복잡함을 동시에 느꼈다.

'이러면 골치 아픈데?'

리오의 입장에서는 조금 피곤하긴 해도 오늘 하루처럼 어중이떠중이들이 마치 쫓기듯 자신들을 공격해 오는 것이 나았다.

하지만 특정 장소에서의 결전 형식이 된다면 그 어중이떠중이들이 제천대성과 같은 정예들에게 지휘를 받기 때문에 머릿수가 절대적으로 부족한 리오 일행이 불리해지는 것이 당연했다.

그러나 그 결전만 넘어선다면 최종 목표라 할 수 있는 오딘과의 거리는 단숨에 좁혀질 수 있었다.

"받아들이겠다면 우리는 오딘 님의 이름을 걸고 해가 저

문 이후에는 그대들을 공격하지 않을 것입니다."

가브리엘이 말을 덧붙였다.

"공격만은 꾸준히 하시겠다는 말씀이군요."

피엘의 지적에 가브리엘은 숨기지 않고 고개를 끄덕였다.

"비그리드에서의 결전에 동의하는 자들이 있는 한편 그렇지 않은 자들도 있습니다. 오딘 님께서는 양측의 이야기를 모두 받아들이셨습니다."

"오딘 님께서는 참으로 비겁한 아량을 베푸시는군요."

피엘이 공격적으로 쏘아붙였다.

"우리가 원하는 것은 그 아량에 대한 정확한 답입니다."

가브리엘은 확고했다.

피엘은 리오 쪽을 돌아봤다. 어쩌겠냐는 질문이었다.

리오는 당신이 상급자라는 지적을 하고 싶었으나 가브리엘 일행도 자신을 바라보고 있었기에 쓴웃음만 지었다.

"그래, 결전. 좋지. 그러자고. 대신 오늘은 아직 해가 떨어지지 않았지만 지금부터 쉬어야겠어. 그 정도 거래는 가능하겠지?"

"오늘은 더 이상 내려올 자도 없습니다, 리오 스나이퍼. 무려 천기병장이 과거 이상의 힘을 지니고 다시 나타났는데 누가 감히 함부로 움직이겠습니까?"

"그러게. 요즘은 여자들이 더 무서워."

리오의 눈앞에 그 무서운 여자들이 마구 지나갔다. 그의 기억에 있어서 최근 새로 만난 사람들 가운데 정말 무서운 남자는 프라이오스와 사이악스뿐이었다.

사이악스는 행동의 진위를 당장 파악하기 힘든 자였기에 무서웠고 프라이오스는 그가 거짓 없이 발휘하는 힘 자체가 상식을 벗어나 있었기에 적대하고 싶지가 않았다.

실제로 둘의 전투 능력은 비슷했지만 그 본질은 리오가 느낀 인상 그대로 완전히 달랐다.

사냥꾼들은 병기의 일종으로 판단하고 있기에 논외였다. 그리고 그 병기 안에는 하얀 우주의 의지도 포함되어 있었다.

"흠, 아무튼 당신들은 비그리드에서 만나겠군."

리오는 생각하기를 중단하고 물었다.

"그렇겠지요. 우리에게는 추억의 장소입니다. 이제 당신들에게도 추억의 장소가 되겠군요. 그럼 이야기가 끝났으니 우리는 물러가겠습니다. 푹 쉬십시오, 여러분."

곧이어 두 명의 장로천사는 빛으로 변해 제천대성을 감싼 후 하늘로 솟구쳤다.

그들의 기운이 완전히 사라지자 날카롭게 치솟았던 피엘의 머리카락이 다시 본래의 형태로 돌아왔다.

리오와 지크, 피엘 모두가 한자리에 다시 모였다.

"피곤하군요."

피엘의 얼굴과 단발머리는 땀으로 젖어 있었었다. 표정도 방금 전에 나타난 '적'들을 대할 때와는 달랐다.

그녀가 육체적으로 그렇게 피곤해하는 모습을 거의 본 적이 없는 리오와 지크는 신기함을 느꼈다.

"당신이 그렇게 대놓고 엉망이 되는 건 처음 보는 것 같군."

피엘은 신기한 물건을 대하듯 자신을 구경하고 있는 두 남자를 반쯤 감긴 눈으로 응시했다.

"두 분이 저를 그런 얼굴로 보는 것도 처음인 것 같네요."

"……."

"좀 쉬어도 될까요? 아니, 잠을 자고 싶네요."

"얼마든지."

피엘은 휴식용으로 가져왔다가 한 번도 사용하지 못한 야전용 건축도구를 코트에서 꺼내 원하는 건물의 규모를 설정한 후 그것을 땅에 던졌다.

그 도구는 주변에 존재하는 위그드라실의 소재를 필요한 만큼 빨아들인 뒤 피엘이 원하는 2층 규모의 건물을 만들어 냈다.

그 정도 규모의 건물부터 무엇이 가능한지 알고 있는 리오와 지크는 아예 코트부터 벗고 건물 안에 들어가는 피엘을 그냥 구경하기만 했다.

"정말 지쳤나 보네."

지크가 말했다.

"지친 것도 지친 거지만 맥이 풀렸을지도 모르지. 상대가 제천대성이었으니까."

"그럴까나?"

리오의 말에 지크는 고개를 갸웃거렸다.

피엘은 온몸을 넣어도 다리를 곧게 뻗을 수 있는 큰 욕탕 속에 아예 잠수를 한 채 피로를 풀었다.

옷은 목욕실 밖에 아무렇게나 벗어 던진 채 놔두고 있었다.

'역시 한계가 있어. 2분 정도 더 싸웠다면 업혀서 여기까지 왔을 거야.'

그녀는 하이볼크가 자신에게 마지막으로 부여한 능력이 이 정도로 확실한 약점을 가진 것일 줄은 꿈에도 몰랐다.

능력의 비밀이 밝혀지긴 했어도 그녀는 오히려 안심하고 있었다. 결전 장소에서 밝혀져 아무것도 해보지 못하고 드러눕는 것보다는 훨씬 낫기 때문이었다.

윗몸일으키기를 하듯 상체를 일으켜 목욕물 밖으로 상체

를 드러낸 그녀는 숨을 힘껏 몰아쉬었다.

크고 뚜렷했던 그녀의 근육이 점차 줄어들어 본래의 미끈한 형태로 되돌아왔다.

'나와 리오 님, 지크 님 세 명이 어디까지 싸울 수 있을까?'

피엘은 간단히 죽어주지 않고 끝까지 버틴 제천대성의 능력과 '이야기'로서 다시 재생된 그의 무기, 여의금고봉의 모습이 머릿속에서 떠나지 않았다.

"하지만 어쩔 수 없잖아?"

그녀가 자신도 모르게 큰 목소리로 중얼거렸다.

"이젠 우는소리까지 하는군."

욕실 밖에서 리오의 목소리가 들리자 피엘이 깜짝 놀랐다.

자신이 탈의실의 문을 닫지 않았다는 사실을 늦게 깨달은 피엘은 짜증스러운 표정을 지었다.

"아까 봤던 당신의 그 능력 말인데, 역시 시간제한이 있는 능력인가 보군."

"체력 소모가 큰 능력이라는 말이 옳지요."

"그럼 목욕이 아니라 먹어야 하는 게 낫지 않아?"

"나름 여자라서 목욕을 한 뒤에 먹고 싶군요."

"그러시군."

리오는 목욕실의 반투명한 유리문에 등을 기대에 앉았다. 피엘은 검은색 옷에 눌린 붉은색 머리채를 한참 바라봤다.

"역시 머릿수에는 장사가 없겠지?"

리오가 물었다.

"그렇지요."

피엘은 꾸밈없이 대답했다. 이제는 뭔가를 숨길 상황 자체가 아니어서였다.

"저번에 불러낸 그 휀 라디언트 말인데, 물어봐도 될까?"

"진짜이자 가짜에요."

피엘은 이번에도 즉시 답했다.

"무슨 소리야?"

"휀 라디언트 님의 육체는 킹 클래스에 의해 신계가 파멸 직전까지 몰렸을 때 소생 불가능한 수준으로 회수되었지요. 그분의 남은 육체는 중심핵이라고 이름 붙여진 옛 세계에 보관되었고, 저는 그분을 활동 가능한 형태로 잠시 불러낼 수 있는 능력을 하이볼크 님께 부여받았지요."

"일종의 소환이군."

"그렇지요. 소환된 휀 라디언트 님이 소모하는 힘은 제가 감당하는 형식이랍니다."

"소환된 존재에게는 자아가 있나?"

"물론이죠. 전투는 그분들의 자아가 맡습니다."

"흠."

리오는 짧은 한숨을 쉬었다.

피엘은 흐릿한 유리문 밖에 보이는 리오의 모습을 보기가 미안했다.

"비그리드에서의 결전까지는 제가 어떻게든 도울 수 있겠지만 그 이후로는 모르겠네요. 미안해요."

"어차피 기대도 안 했어. 그래서 오늘 적잖이 놀라고 있지."

"……."

"그보다 인원 보충을 하는 편이 좋지 않을까?"

"무슨 수로요?"

"뭐, 어떻게든. 프라이오스도 이곳에 멋대로 드나들었잖아?"

"그건 프라임 클래스이기에 가능한 일입니다. 그러니 이상한 희망은 갖지 마세요, 리오 님."

"그렇군. 아무튼 당신, 정말 피곤한 것 같으니 거기서 좀 더 쉬도록 해. 밖은 내가 맡을 테니까."

리오는 일어나서 탈의실 밖으로 나갔다.

그가 밖으로 나갔다는 사실을 탈의실의 문이 닫히는 소리로 확인한 피엘은 다시 목욕물에 몸을 밀어 넣었다.

'이제 정말 마지막일지 모르는데 나누는 대화는 거기서 거기구나.'

피엘은 아쉬웠지만 자신이 지금까지 저지른 일에 대한 대가라고 스스로를 타이르며 몸의 피로를 푸는 것에 정신을 집중했다.

반 시간 뒤, 피로를 떨치고 일어난 피엘은 옷을 다시 입고 건물 밖으로 나왔다.

그녀는 건물 밖에 놓인 야전용 식탁에서 신 나게 식사를 하고 있는 사람들의 모습을 보자마자 살아 있는 장식물이 되고 말았다.

키르히와 아레스가 그곳에서 리오가 만들어준 요리를 씹고 있었다.

"당신들, 어떻게 이곳에 왔죠?"

피엘이 사색이 되어 큰 목소리로 물었다.

키르히가 그녀를 흘끔 보고는 큼지막한 고기 덩어리를 냄비에서 꺼내 접시로 옮긴 뒤 나이프로 썰었다.

"하이볼크 님이 지원군을 모집했거든요. 근데 결국 우리 둘밖에 없더라고요."

마주 앉아 있던 아레스가 고개를 끄덕였다.

"용족에서 지원자가 많았지만 브리간트 님께서 이곳에 계시기 때문에 어쩔 수가 없었지요. 아무튼 어지간히 피곤하셨나 보군요, 비서관님. 우리가 온 것을 감지하지 못하실 줄은 몰랐습니다.”

“그러게요.”

응답한 피엘은 눈물을 흘리기 직전에 몰린 눈으로 두 명의 지원군을 바라봤다.

“카샤 님과 함께 고향으로 돌아가셔도 되잖아요?”

고기를 먹던 키르히가 손을 휘저었다.

“비서관님한테 마음이 있어서 여기 온 건 아니에요.”

“알고 있습니다!”

바로 옆 테이블에 있던 지크는 그렇게 인간적인 반응을 보이는 피엘의 모습이 그저 신선하기만 했다.

“카샤는 되찾았고요, 목숨은 이곳에 온 뒤로 지옥 입구에 걸어놨으니 상관없겠더라고요.”

피엘은 키르히의 가벼운 대답을 이해할 수가 없었다.

“상관없다니요? 그 세계에서 당신들을 기다리는 사람이 있잖아요?”

“뭐, 제가 멀쩡하게 돌아가면 그 친구들이야 좋겠지요. 그런데 이건 제 개인 문제예요.”

키르히가 식기를 놓고 자리에서 일어났다.

“제가 납득을 못한다고요!”

그 갈색 머리의 미남은 격분하여 소리쳤다.

"퀸 클래스를 상대한답시고 여기서 당신들이랑 답이 안 나오는 여행을 계속했어요! 그러면서 배웠고! 카샤는 어떻게든 돌려받았고! 그런데 바니가, 하이엘바인이 갑자기 맛이 갔어요! 그러더니 당신들 셋이서 싸워야 한다고 하네요? 전혀 모르는 놈들이 싸운다면 코웃음도 안 쳤겠지만 빌어먹을, 당신들이었다고요!"

"……."

"나도 내가 여기서 식사를 하는 게 이해가 안 돼요! 고향에서 카샤랑 식사하는 게 백만 배는 낫다고요! 하지만 속은 편해요! 당장 죽어도 후회가 안 될 만큼 말이에요!"

"그래도……."

"제길, 루이체도 그렇고 다들 왜 그래! 내가 좋아서 여기 온 건데 당신들이 왜 그러냐고! 당신들이 이삿짐 따위를 옮겨주려고 여기 온 게 아니라는 건 나도 안단 말이야! 그러니 좀 더 기뻐하란 말이에요!"

피엘의 시선이 아레스 쪽으로 움직였다.

아레스는 가만히 그녀와 시선을 마주하다가 이내 피식 웃었다.

"버릇 같은 거라서 말이죠."

모닥불을 보고 있던 리오가 슬그머니 아레스를 봤다.

"미안해요, 여러분."

피엘은 울지 않았다. 그러나 자신이 지금껏 해왔던 모든 일과 오늘 느낀 무력함에 결국 마음이 꺾여 초라하게 사과를 하고 말았다.

"우와, 저 여자가 저렇게 사과하는 거 오늘 처음 봤어."

리오가 농담처럼 말을 하자 키르히를 제외한 남자 전원이 웃음을 터뜨렸다. 농담을 했던 리오조차도 이마를 잡고 웃었다.

"왜 웃어! 비서관님은 지금 진지하다고! 진짜로 도움이 필요했다는 증거야!"

키르히가 진지하게 변호를 했지만 그의 행동은 피엘을 더욱 창피하게 만들 뿐이었다.

* * *

"대체 이 은혜를 어떻게 갚으면 될까요?"

리오는 난감했다.

리오가 임무에 관계없이 구해낸 중년의 여성은 함께 구원받은 자신의 아이들과 함께 감격에 찬 눈으로 그를 바라보고 있었다.

그것은 그가 하이볼크와 만난 이후 처음 저지른 일이었다.

그들과 다시 만날 확률이 거의 없을 것이라는 사실을 알고 있는 리오는 팔뚝을 감싼 가죽 보호대로 얼굴에 묻은 피를 닦으며 자신이 방금 죽인 초대형 야수를 흘끔 봤다.

'어쩌지?'

그렇다고 뭔가를 바랄 입장도 아니었던 그는 흘리듯 말하며 돌아섰다.

"앞으로 안전한 길로 다녀요."

실제로, 그 대화가 그들 사이에 나눈 마지막 대화였다.

그때 그 기억에 사로잡힌 리오의 의식을 깨운 것은 어떤 청년의 쩌렁쩌렁한 목소리였다.

"선생! 이봐, 선생! 정신 차려!"

키르히의 목소리가 리오의 머릿속에서 시끄럽게 울렸다.

'키르히? 녀석이 왜 내 옆에서 떠드는 거야?'

이후 엄청난 통증이 리오의 가슴속에서 용솟음쳤다. 의식을 되찾으면서 통각까지 되살아난 것이다.

"헉!"

숨을 토하면서 눈을 뜬 리오는 자신이 하늘을 보며 엎드려 있다는 사실을 파악하고는 가슴에 입은 부상이 회복될 때까지 통각을 차단하고 즉각 일어났다.

디바이너는 여전히 그의 손에 쥐어져 있었지만 가슴의 부상은 말이 아니었다. 늑골의 왼쪽이 일제히 부러져 몸의 모양새까지 뒤틀린 상태였다.

“당신 미쳤어? 이상한 놈한테 얻어맞고 기절하다니, 선생답지 않잖아!”

고함을 지른 키르히는 불꽃을 토하는 두 자루의 칼, 그룬가르드와 이그니스를 휘둘러 자신들에게 접근하는 악마와 천사들, 그리고 한 쌍의 뿔이 달린 투구를 동일하게 착용한 아스가르드의 전사들을 증발시켜 버렸다.

리오는 망가진 몸을 급히 회복시키며 주변 상황을 다시 확인했다.

아레스가 키르히와 짝을 이뤄 자신을 보호하고 있었고 지크와 피엘은 조금 떨어진 곳에서 적들의 주력 부대를 날려 버리고 있었다.

리오는 자신이 부상을 당한 상황을 떠올려 봤다.

가브리엘, 우리엘과 마찬가지로 갑옷을 입은 어떤 천사의 장거리 저격에 결계를 모두 잃고 타격을 받는 순간이 생생하게 되살아났다.

‘궁니르와의 동기화가 풀리니 권능에는 제대로 대처가 안 되는군. 지금은 저렴한 놈들이지만 앞으로가 문제야. 방금 전에 날 공격한 그 이름 모를 선신계 천사처럼 뭐가 나올지 몰라.’

그는 진심으로 자신의 상황을 걱정하며 자신을 쓰러뜨렸

던 천사와 지크의 싸움을 봤다.

지크는 갑옷 덕분에 권능을 깡그리 무시할 수 있었으나 천사 또한 그의 근접전투능력에 제대로 대처하고 있었다.

'가브리엘보다 더 강력해. 힘의 절대치 이전에 전투에 대한 감이 달라. 대체 누구지? 게다가 체형도 좀… 다른데?'

선신계 천사들에게 성별이 존재하지 않는 것은 리오에게 있어서 상식이었다.

그러나 그 황금색에 가까운 갑옷을 입은 천사는 여성의 곡선을 갖고 있었고 체구도 작았다.

그러나 그 작은 체구에서 발산하는 검의 기술은 구경을 하고 있는 리오마저 긴장시킬 정도로 정갈했다.

그 정체불명의 천사와 마주하고 있는 당사자, 지크는 리오처럼 생각을 할 여유조차 없었다.

'이런 괴물이 선신계에 있었나?'

지크가 잠깐 고민하는 사이, 하얗게 뿜어지는 불꽃 모양의 검이 천사의 손에 이끌려 지크의 가슴팍을 제대로 긁었다.

프라이오스가 수리해 준 지크의 갑옷은 흠집 하나 없이 천사의 검을 버텨냈다.

하지만 지크는 다음 상황에 대응할 수가 없었다.

갑옷 덕분에 치명상을 피했다는 정신적 충격이 극히 찰

나의 시간 동안 그의 판단력을 억누른 것이다.

검을 든 천사가 발휘한 권능이 지크의 몸을 향해 모든 방향에서 쏟아졌다. 지크의 입장에서는 해일과도 같은 권능의 폭풍이었다.

그 결과는 그 자리에 있는 모든 이의 상식을 부숴 버렸다.

지크가 공중에 살짝 뜬 채로, 마치 박제처럼 움직이지 못하고 있었다. 갑옷 덕에 권능에 의한 피해를 무시할 수 있었던 지크는 완력으로 자신을 억누르는 힘을 밀어내려 했으나 그는 초고속으로 허우적거리기만 할 뿐, 구속에서 벗어나지 못했다.

그를 가둔 천사가 손에 든 불꽃의 검을 아래로 내렸다.

"네가 입은 그 갑옷은 모든 권능과 법칙에 대한 내성을 발휘하는군. 하지만 받아내는 힘이 비정상적으로 뛰어난 것일 뿐이다."

그 천사는 지크를 감싼 자신의 권능을 손으로 쓰다듬었다.

"누군가가 나에게서 권능을 앗아갈 때까지 너는 그곳에서 벗어날 수 없을 것이야. 네 동료들이 나에게 심판받아 사라지는 모습을 지켜봐라, 강하고 우둔한 자여."

지크는 당황했다.

'대체 저놈은 뭐야?'

그의 기억 속에서 '말도 안 되게 강한 선신계 천사'는 메타트론밖에 없었다.

지크를 간단히 무력화시킨 천사의 뒤편에서 천기병장의 살기가 강림했다.

머리카락이 치솟은 모습의 피엘은 그 천사를 향해 창을 휘둘렀고 천사는 자신의 권능과 각종 방어기술로 피엘의 창을 막으려 했다.

그러나 피엘의 창은 모든 것을 관통하면서 천사의 왼팔을 격파했다. 천사는 오른손에 든 검을 사용하려다가 말고 지크에게 적용한 권능을 유지한 채 후퇴하며 부서진 왼팔과 갑옷을 복구했다.

"마치 하이엘바인 님을 보는 것 같군. 그대는 누구인가, 강자여?"

천사가 묻자 피엘은 대답 전에 창으로 지크를 감싼 권능을 때려 날린 뒤 다시 창술 자세를 잡았다.

"하이볼크 님의 권능을 대행하는 자, 피엘 플레포스입니다."

"피엘 플레포스? 하이볼크 님에게 그대와 같은 대행자가 있을 줄은 몰랐군."

"그 말씀을 듣고 지금 확신했습니다. 당신은 라그나로크 시절의 이야기로부터 돌아오셨군요. 그럴 수밖에 없겠지요. 하이엘바인 님은 그 이후의 당신을 뵌 적이 없으시니 말입니다."

"상세히 알고 있군."

"예."

피엘은 아직 비그리드에 도착하지 못한 자신들이 그곳에서 최악의 사태에 직면할 것이라는 사실을 직감하며 상대의 이름을 입 밖으로 내놓았다.

"대천사장, 미카엘 님."

"대천사장?"

천사, 미카엘이 의문을 가졌다.

"대천사장은 메타트론 님께서 앉으셔야 마땅한 자리일텐데?"

"그분도 위에 계십니까?"

"비그리드에서 뵐 수 있을 것이야."

미카엘이 검을 앞으로 내밀었다.

"그곳에 당도할 수 있다면 말이지."

지크는 메타트론을 다시 볼 수 있다는 사실을 알고 등골이 짜릿했다.

'완전한 능력을 가진 메타트론이 위에 있다고? 그럼 우리가 상대해야 할 적들은…….'

하이볼크 신계를 떠난 자들뿐만 아니라 그들과 그 옛날 목숨을 걸고 싸웠던 아스가르드의 전사들까지 손을 잡고 자신들을 기다린다는 사실을 깨달은 지크는 한숨을 토할까 하다가 가까스로 멈췄다.

'각오는 했지만 정말 장난이 아니겠군.'

몸을 추스르고 일어나는 지크의 눈앞에서 피엘과 미카엘이 각자의 무기를 현란하게 움직이며 맞붙었다.

검으로 공격을 하는 와중에도 미카엘은 권능에 의한 공격을 멈추지 않았다. 지크를 구속할 필요가 없어진 만큼 힘의 여유도 있었지만 무엇보다 피엘의 전투 능력이 예상 외로 막강했기 때문이다.

가브리엘에게 '제훕의 왼쪽에 있는 자'라는 별칭이 있는 것처럼 미카엘에게는 '제훕과 같은 자'라는 별칭이 있었다.

그만큼 미카엘은 제훕의 직권이나 다름없는 수준의 권능을 발휘하고 있었다.

피엘은 과거 선신계와 악신계가 정면으로 충돌한 대 전쟁 때 루시펠, 즉 사탄이 악신계로 가지 않았다면 미카엘이 혼자 만들어내는 심판의 잔해가 악신계의 절반 이상을 뒤덮어 힘의 균형이 뒤틀렸을 것이라는 이야기를 잘 알고 있었다.

그 당시의 사탄이 쉬프터의 킹 클래스로서 싸웠다는 증거는 없었으나 사탄이 미카엘에 맞서 해낸 일들은 희생자의 숫자를 획기적으로 줄이는 것에 불과했고 압도한 적은 한 번도 없었다.

피엘이 직접 지켜봤던 두 번째의 전쟁에서도 그 전적에는 변함이 없었다.

그 강력한 제홉의 대행자, 미카엘은 검을 다루는 솜씨와 권능을 공격적으로 이용할 줄 아는 재능이 그야말로 신과 같았다.

피엘은 체력을 아끼기 위해 하이볼크가 자신에게 부여한 '제압의 능력'을 사용하지 않고 순수 자신의 능력으로 미카엘을 상대했다.

하지만 피엘의 창과 날개는 미카엘의 검과 권능을 확실히 밀어냈다. 그녀는 미카엘의 전투 능력을 미카엘 자신만큼이나 잘 파악하고 있었다.

대행자들끼리의 싸움은 전장 전체를 침묵시킬 만큼 격렬했다.

둘의 싸움에 넋을 잃고 서성대던 천사와 악마들이 격돌의 충격만으로 허무하게 터져 나갔다.

지크는 갑옷 덕분에 구경을 하며 후퇴를 해도 상관이 없었으나 동료들의 눈에는 그가 가장 위태롭게 보였다.

육체를 재생시킨 리오는 키르히, 아레스와 어깨를 나란히 한 채 그들의 싸움을 지켜봤다.

[루이체. 내 말 들려?]

리오는 오랜만에 동생을 불렀다. 그가 느끼는 문제는 그만큼 심각했다.

[오빠가 웬일이야? 어제까지만 해도 도움 따위는 필요 없다는 식으로 행동했으면서?]

[어른들의 어리석음은 항상 끝이 없지.]

[아무튼, 도움이 필요해?]

[우리에게 동기화되었던 궁니르 말이야. 내가 그 능력을 다시 되찾을 수 있을까?]

[없지.]

동생이 즉시 답하자 리오의 표정이 조금 구겨졌다.

[네 오빠가 지금 정말 속상하다는 거 알지?]

[궁니르는 오딘 님의 권능이기도 해. 동기화가 됐을 때 오빠는 저기서 싸우는 사람들처럼 오딘 님의 대행자나 다름없었던 거야. 그건 내가 프라임의 능력으로 꿈꿔본다고 해도 소용이 없어.]

[그럼 그 비슷한 건?]

[프라이오스 님과 동일한 능력은 어때?]

[그럼 너와 일주일 동안 놀아줄게. 놀이공원부터 만들어

줄까?]

리오는 그 말을 한 뒤에야 자신이 프라이오스의 무한한 힘에 매료되었다는 것을 인정했다.

그에 대한 반동은 자괴감이었으나 리오는 방금 전의 처참한 상황을 반복하지 않기 위해서는 영혼이든 뭐든 팔아서라도 힘을 얻어야 한다는 것을 냉정하게 인정했다.

리오와 하나가 되어 있는 만큼 그의 생각도 알 수 있는 루이체는 다급하게 자신의 발언을 수습했다.

[잠깐, 오빠! 농담이라는 거 알잖아?]

[하, 산타클로스가 세상에 없다는 말을 처음 들었을 때의 기분이군.]

리오의 농담에 루이체는 어이가 없었다.

한편, 바로 옆에 있는 키르히도 리오를 어이없다는 듯이 바라보고 있었다. 아레스는 애써 모른 척하고 있었지만 그 역시 리오에게 뭔가 문제가 생겼음을 확신했기에 일단 주변 경계를 철저히 했다.

[아무튼 오빠, 이 상황을 해결하려면 제대로 된 견본이 필요해.]

[견본?]

[그래. 내가 당장 배우고 오빠가 쓸 수 있는 힘의 견본 말이야. 오빠가 지금까지 사용했던 F.O.R 역시 실제로는 잘

못된 부분이 많단 말이야.]

[F.O.R이?]

[오딘 님이 남기신 그 기록은 복사본에 불과할 수도 있어.]

[복사본이라고?]

[프라임 클래스들이 사용하기에는 너무 부족한 힘인 것 같거든.]

리오는 프라이오스가 단지 존재감만으로 자신들이 있던 행성 주변에 도사리고 있던 사냥꾼을 모조리 제거했던 것을 떠올렸다.

[진짜는 대체 뭐지?]

[디콤포저 방정식이라는 말은 몇 번 들었을 거야. 그게 F.O.R의 진품이야. 느낌상 그래.]

[아, 좋아. 그렇다 치자고. 그럼 아까 네가 말했던 그 견본을 대체 어떻게 동원하지? 프라이오스라도 다시 불러와야 하나?]

[아마 그분은 이 일에 더 이상 개입하지 않을 거야. 정말 그럴 생각이 있었다면 비서관님께 창을 만들어주는 수고를 하지 않고 발할라로 당장 쳐들어가서 그곳을 지워 버렸겠지. 안 그래?]

[하긴, 성격이 좀 급해 보이긴 했으니까. 그럼 어쩌지?]

[계급이 낮은 쉬프터라도 상관없어. 우리에게 그들의 힘을 제대로 가르쳐 줄 사람이 필요해.]

[프라이오스도 방관하는 마당에 굳이 여기까지 발을 들이밀 쉬프터가 과연 있을까?]

그때, 키르히가 리오의 어깨를 잡았다.

"저기, 선생."

"왜?

"혼잣말 중에 미안한데, 실은 있어."

"뭐가?"

"여기까지 발을 들이민 쉬프터 말이야."

리오의 표정이 조금 있다가 확 변했다.

"방금 혼잣말이라고 했나?"

"그래, 여자애 목소리도 내던데?"

당황한 리오는 눈동자의 방향을 아레스 쪽으로 돌렸다.

그의 시선을 느낀 아레스는 어쩔까 고민하다가 뭔가를 포기하듯 검을 들지 않은 왼손을 들었다 내려놓은 뒤 리오 쪽으로 고개를 돌렸다.

"프라이오스, F.O.R에… 놀이공원. 예, 다 들렸습니다."

아레스의 말에 리오의 눈 밑이 떨렸다.

"여자애 목소리도?"

"루이체 아가씨의 목소리였죠. 저희야 뭐 당시 상황을 봤으니 스승님께서 굳이 설명하실 필요는 없습니다."

"……."

"한 달에 한 번씩 마법에 걸린다든가, 혹은 비 오는 날에 밖에서 춤을 출 때가 있다는 식으로 넘어가진 않을 테니 계속하십시오, 스승님. 지금 심각한 상황이지 않습니까?"

"으음……."

자신이 당당히 루이체의 목소리를 냈다는 사실에 리오는 엄청난 부담감을 느끼는 한편, 자신의 어깨를 붙들고 있는 키르히와 어깨동무를 했다.

"그래, 그 쉬프터에 대해 말해볼래?"

"선생이 이름을 불러주기 전까지는 나타나지 않을 거라고 했어."

"아, 그 녀석이군."

리오는 한숨을 크게 들이마신 뒤 목소리를 냈다.

"아르비스."

그에 맞춰 공간의 틈새로부터 한 명의 비숍 클래스가 모습을 드러냈다.

리오는 새 모양의 가면을 다시 쓰고 있는 아르비스의 모습에 의아해했다.

"그 재수 없는 아르비스, 맞지?"

"감각이 혼탁해졌나 보군, 리오 스나이퍼."

아르비스가 두 손을 뻗어 리오의 머리를 감싸듯 붙들었다.

"잡다한 말은 하지 않겠다. 내가 쉬프터의 비숍 클래스로서 눈을 뜬 이후 지금까지 경험한 모든 것을 너에게 전해주마."

"하, 그래?"

리오는 손에 들고 있던 검을 옆에 꽂았다.

"고맙지만 지금 이 난장판에는 너보다 퀸 클래스들의 경험이 필요하지 않을까? 엠프레스도 좋겠군."

"시험의 땅이 된 이 작은 신계를 위해서 선배님들의 장대한 경험을 소비할 수는 없지."

아르비스는 리오의 머리를 붙든 손에 힘을 주었다.

"아테나 님의 가르침대로 나는 영원히 비숍의 자리에 남을 것이야."

아르비스의 말을 들은 리오의 눈매가 이상해졌다.

"너, 미쳤나?"

"너보다는 덜 미쳤어."

아르비스의 목소리는 무쇠와도 같은 무게감을 갖고 있었다. 리오는 그 비장함이 마음에 들지 않았다.

"계속 오해한 것 같은데, 난 미친 게 아니라 성격이 지저분한 거야."

리오는 상대방을 말리듯 따지고 들었다.

"그건 아쉽군."

아르비스의 몸에서 올라온 검은색의 불길이 팔을 타고 리오의 머리를 잡은 손끝까지 올라왔다.

"이제부터 내가 전해줄 모든 것에는 너를 불쾌하게 만들 수 있는 정보도 섞여 있지. 그게 무엇인지는 말하지 않아도 알 거야."

"맞춰볼까? 넌 이 세계의 슈렌, 바이론, 사바신, 레디를 죽였고 잠깐이나마 흑막으로서 온갖 음모를 꾸미셨지. 민간인도 다수 죽였을 거고."

"맞아."

"혹시 그에 대한 용서를 받으려고 이러는 건가?"

"난 비숍 클래스로서 할 일을 했어. 그리고 내가 만에 하나 용서를 구한다 해도 그 대상은 네가 아니야."

"사과할 거 정말 없어?"

아르비스가 가만히 있다가 고개를 움직였다.

"…몇 가지?"

"그러시겠지."

아르비스의 불꽃이 이윽고 리오의 몸을 완전히 감쌌다.

그녀는 검은색 불꽃 속에서 붉은색 눈빛을 흘리며 자신을 보고 있는 리오의 모습을 보고 만족감을 느꼈다.

"나는 이 3번 경작지 안에서 수많은 동포와 함께 온갖 신계의 융성과 쇠퇴를 지켜봤다, 리오 스나이퍼. 물론 그들에게 관용을 베푼 적은 단 한 번도 없었어. 그들이 살아서 우리를 인식한다면 우리는 틀림없이 신들 위에 군림하는 권력자가 될 테니까."

"공감해 달라는 건가? 듣기만 해도 너무 대단하신 말 같아서 화가 나는데?"

"……."

"그렇다 치자고. 그럼 프라이오스는 왜 우리를 도와주는 거지?"

"그분 나름대로의 정리 방법이야."

"농담하지 말고."

"진짜야."

아르비스의 가면이 잘게 부서진 뒤 산화하여 하늘을 향해 사라졌다.

다시 드러난 그녀의 표정에는 어둠 대신에 평온함이 자리 잡고 있었다.

"그분은 지금 하이볼크를 시험하고 계시겠지."

"왜?"

"잘은 모르겠지만 만약 하이볼크가 그저 살아보겠다며 프라이오스 프라임께 도움을 구걸한다면 너희는 오딘과 함께 지워지겠지. 그리고 이번 일은 프라이오스 프라임께 있어서 또 하나의 실망으로 남을 거야. 하지만 이 세계가 아직 멀쩡한 것을 보니 하이볼크는 제법 현명한 창조주인 것 같군."

그 말에 리오는 쓴웃음을 지었다.

"결국 끝까지 너희 손바닥 위에서 놀아나야 한다는 건가?"

"그건 이 신계의 모든 생명체가 너희에게 해야 할 말이겠지. 지금 너희 몇 명이 그들 전체의 미래를 좌우하려 하고 있잖아?"

아르비스의 검은색 불꽃이 갑자기 하얀색으로 변했다.

리오는 그녀가 전해주고 있는 정보를 거의 다 받아들인 상태였다.

쉬프터들이 사용하는 힘의 정확한 알고리즘은 루이체가 해석했고 리오는 그것을 동시에 이해했다. 그전까지 예상만으로 리오가 사용했던 힘과 진짜 힘은 그 근본이 달랐다.

더불어 아르비스가 직접 습득했거나 간접적으로 봤던 각종 전투 경험도 루이체의 해석에 힘입어 리오의 것이 되었다.

"리오 스나이퍼어. 마지막으로 묻겠는데, 왜 그토록 처절하게 싸워왔나?"

"칼을 든 놈이 아름답게 싸우면 이상하잖아?"

리오는 당연하다는 표정으로 대답했고 아르비스는 힘이 빠진 미소를 지었다.

"그렇다면 난 이상하고도 특이한 존재로군. 그 꼴을 마지막까지 바라고 동경했으니까."

"후회되나?"

"아니, 최고야."

말을 맺은 아르비스가 그 자리에서 완전히 사라졌다.

리오는 민들레의 씨앗처럼 퍼지는 아르비스의 잔해를 보다가 키르히와 아레스 쪽으로 미련 없이 돌아섰다.

"다음에 이런 일이 있으면 제발 한가할 때 얘기를 하라고. 싸움터 한가운데에서 이게 무슨 꼴이야?"

아르비스의 기척이 완전히 지워진 것을 느낀 키르히는 철새들의 무리처럼 비행하다가 사라지는 아르비스의 잔해를 구경하며 아랫입술을 뾰족이 내밀었다.

"개가 이런 짓을 하려고 올 줄은 몰랐지."

"쯧."

리오는 혀를 차며 검을 다시 뽑아 들었다.

"흠. 아르젠타비스라."

"아르젠타비스? 그게 뭐야, 선생?"

"아르비스의 본명이야. 녀석이 전해준 기억의 끝자락에

존재하더군. 왜 스스로 그 이름을 쓰지 않았을까? 아니, 그 전에 이곳에 왜 왔는지 모르겠군. 명령을 받아서 온 건 아닌 것 같은데 말이지."

"누군가가 자신의 본명을 기억해 주길 바랐을지도 모르지요. 무의식적으로 말입니다."

아레스의 말에 리오는 슬쩍 웃었다.

"상상력 한번 상냥하군."

아레스는 농담을 사양하듯 백발을 흔들었다.

리오는 눈을 감은 뒤 아르비스에 대한 생각을 떨쳐 내고 앞으로 자신이 행할 싸움에만 집중했다.

[얻은 정보를 간단히 정리해 봐, 루이체.]

[오빠도 알다시피 쉬프터들과 우리는 신체의 구성 방식과 구성 물질 자체가 달라. 일반 쉬프터들, 그러니까 엠프레스조차도 프라임들과는 또 달라.]

리오는 루이체의 목소리를 인식하자마자 키르히와 아레스의 눈치를 봤다. 둘은 주변의 적들에게 모든 감각을 집중하고 있었다.

[이번엔 오빠의 성대를 사용하지 않았어.]

[그래, 그래야 착한 아이지. 얘기를 계속해 줘.]

[둘 사이에는 공통점이 있어. 활동하는 데 필요한 힘을 전송받고 있다는 사실이야.]

[그 힘을 내가 활용할 수 있나?]

[이제는 가능해. 오빠의 신체 구성을 바꿀 거야. 불필요한 내장기관은 전부 사라지겠지만.]

[먹고 싶은 것들을 실컷 먹어둘 걸 그랬군. 바로 실행해.]

[알았어.]

리오의 몸이 움찔했다. 동시에 키르히와 아레스, 그리고 지크도 깜짝 놀랐다.

리오의 심장박동이 멈췄기 때문이다.

[심장 및 소화기관 제거가 끝났어. 이제 두뇌와 신경을 보다 쉬프터에 가깝게 바꿀게. 안구가 뇌의 일부라는 것은 오빠도 알고 있지?]

리오의 두 눈에서 검은색의 안개가 터져 나왔다. 흰자위가 새까맣게 물들었던 그의 눈이 조금 뒤 본래의 모습으로 돌아왔다.

[이제 힘을 연결할게. 오빠라도 적응하는 데에는 시간이 걸릴 거야.]

다음 순간 리오가 적으로 인식한 것들의, 일행을 포위하고 있던 천사와 악마, 그리고 아스가르드의 전사들의 일부가 리오가 소원하는 형태로 분쇄되어 '성취' 되었다.

[아, 미안. 적응이 아니라 조절이었네.]

루이체의 사과를 들은 리오는 이전까지와는 전혀 다른

느낌으로 포착되는 적들의 숫자에 적응하기가 힘들었다.

[내 눈으로 보는 것 같지가 않아. 하늘에서 내려다보는 것 같군. 이게 쉬프터의 시선인가?]

[쉬프터들은 힘이 닿는 한도까지 의식을 옮길 수 있나 봐. 병렬로 배치하는 건데… 아무튼 은하 저편까지도 자신의 감각을 옮겨서 힘을 집중, 적을 격파하는 것이 가능해. 아르비스가 준 정보에 의하면 쉬프터들은 현재 그 능력을 '어치브(Achieve)' 라고 부르는 것 같아.]

[굉장하군. 지크와 함께 훈련을 받을 때 퀸 클래스들에게 신 나게 당했던 미지의 공격이 이거였어. 의식을 본체와 목적지에 병렬 배치한 상태로 공격하니 저격지점을 포착하는 게 불가능한 것도 당연하지.]

[하지만 어치브는 퀸 클래스 외엔 사용이 불가능해. 그런데 오빠가 어째서 정보의 해석만으로 사용이 가능해진 걸까?]

[네가 허락해서 그렇겠지.]

[내가?]

[넌 지금 프라임이야. 그리고 난 너에게 힘을 받는 존재지. 네가 나에게 모든 권한을 허용하면 난 그에 걸맞은 존재가 되는 거야.]

[그, 그렇구나.]

리오는 이야기를 듣고 당황하는 루이체의 머리를 만져 주고 싶었으나 그럴 수 없다는 것을 알기 때문에 잠깐 웃는 것으로 대신했다.

[어디까지 허용해 줄 수 있을 것 같아? 엠프레스?]

[엠프레스는 뭔가 좀 다른 것 같아. 그녀들에게는 프라임의 권한을 넘어선 뭔가가 필요한 것 같아.]

[그 영역은 주인이라는 존재의 허락이 필요한가 보군.]

[아무튼 지금은 퀸 클래스까지가 한계야.]

[그것만으로도 충분해!]

검은색의 불꽃이 리오의 상반신을 뒤덮었다. 그 불꽃은 이윽고 검은색의 망토로 변하여 리오의 몸을 감쌌다.

리오의 상징이라 할 수 있는 회색의 망토, 브리간트 기어와 모습만 같을 뿐이었지만 풍기는 느낌은 쉬프터들이 두르는 옷들과 동일했다.

"키르히, 아레스! 난 비서관을 지원하러 갈 테니 너희는 이곳에서 대기하고 있어!"

리오는 고함을 지른 뒤 피엘과 미카엘이 싸우고 있는 장소로 날아갔다.

가만히 있기만 하던 오딘의 모든 군대가 그를 막기 위해 움직였지만 그들은 리오의 짧은 관심을 받는 것만으로도 자갈만큼 작게 압축되어 존재의 의미를 잃어버렸다.

"완전히 쉬프터로 변해 버렸잖아?"

키르히가 중얼거렸다. 아레스는 검은색 불꽃과 안개를 남기며 날아가는 리오를 보며 고개를 끄덕거렸다.

"궁니르를 가슴에 꽂는 도박까지 하셨던 분이잖아. 쉬프터가 아니라 그 무엇으로 변하신다 해도 상관치 않으시겠지. 뭔가를 끝장내려면 자기 자신도 끝장날 각오를 해야 한다는 사실을 신념으로 삼고 있는 분이잖아?"

그 말에 키르히가 아레스를 물끄러미 바라봤다. 자신들에게 천천히 접근해 오는 오딘의 군대를 노려보던 아레스는 고향 친구의 시선을 느끼고 고개를 돌렸다.

"왜 또 그런 얼굴이야?"

"아니, 선생이랑 얘기도 별로 안 한 주제에 잘도 안다 싶어서."

"난 정말 오랫동안 리오 스나이퍼라는 존재로 살아야 했었다고. 그래서 대충 봐도 알지. 스승님은 나의 분신… 아니, 내가 저분의 분신이나 다름없으니까."

아레스의 대답에 키르히는 피식 웃었다.

"표정을 보니 선생한테 청혼이라도 할 거 같네."

"하, 저질 농담은 그만둬. 녀석들이 다시 오니까 말이야."

아레스가 자신의 디바이너를 잡았다. 리오가 들고 있는

것과는 모습만 같을 뿐, 출신 성분이 다른 검이 되어버렸지만 적당한 적들에게는 여전히 살인적인 무기였다.

"딱 좋지!"

리오 때문에 제대로 접근하지 못하고 있던 천사와 악마, 그리고 아스가르드의 전사들이 그 둘을 향해 일제히 돌격해 왔다.

키르히의 붉은색 코트로부터 화염의 아지랑이가 휘날렸다.

"다시 가자, 아가씨들!"

키르히의 외침에 응하듯 두 개의 칼이 맹렬히 불꽃을 토했다.

날듯이 뛰어오른 키르히는 아레스의 곁을 벗어나 적들이 가장 집중된 장소에 착지했다.

키르히가 밟은 땅이 꺼지면서 물리적 충격과 화염의 폭풍이 모든 방향으로 퍼졌다.

리오와 아테나에게 배우기 전까지는 아기의 걸음마나 다름없던 그의 능력이 지금은 아레스와 맞먹을 만큼 능숙해졌고 또한 꾸준히 강력해지고 있었다.

키르히의 화염폭풍 내에 있던 적들은 뼈도 남기지 못하고 사라졌다. 그에 아랑곳 않고 방패를 앞세운 채 돌진하던 아스가르드의 전사들은 키르히가 달궈 뿌린 공기의 칼날에 접촉하자마자 산산이 조각나며 불타 버렸다.

검술만으로 적들을 분쇄하던 아레스는 키르히가 공격성 화염결계를 사용하는 것을 보고 굉장히 놀랐다.

'저걸 슈리메이어 반 스나이퍼보다 더 빨리 사용하고 있잖아? 속도만으로는 화염과 관련된 신들의 권능에 맞먹고 있어. 아테나 님께 배우기 시작하면서 제대로 강해지고 있다고 느끼긴 했는데, 굉장하군.'

키르히에 대한 감상을 하면서도 아레스의 디바이너는 접근하는 자들의 몸을 철저하게 배제했다.

아레스는 돌격해 오는 아스가르드의 전사들 가운데 적당한 크기의 검을 가진 자가 보이자 그를 먼저 처리했다.

디바이너로 상대의 머리를 깨고 손을 잘라 그의 검을 튕겨낸 아레스는 공중에 떠올랐다가 다시 떨어지는 그 유품을 왼손으로 받아낸 뒤 주변을 휩쓸었다.

검술만을 사용하는 아레스와 달리 힘을 아끼지 않고 사용하는 키르히는 화염을 뿌리며 광분하고 있는 두 칼과 함께 대 살육을 벌였다.

천사와 악마들은 물론이고 아스가르드의 전사들마저도 키르히의 칼에 경악을 금치 못했다.

방패와 결계 등, 실제로 키르히의 공격을 충분히 막아낼 수 있는 수단들이 이상하게도 그의 칼에 닿는 지점을 중심으로 격파되었다.

육체는 말할 것도 없었다.

리오가 잠깐 경험했고 아테나가 꿰뚫어 본 그의 진짜 재능은 바로 급소의 본능적인 파악이었다.

그 급소의 범위는 놀랍게도 생물만이 아니었다. 물질까지도 그의 재능 앞에 그 단단한 결합 능력의 급소를 파괴당하며 의미를 상실했다.

더 놀라운 것은 그의 칼뿐만 아니라 칼에 달린 포구에서 뿜어지는 화염과 공격성 결계들까지도 그 절대적인 살해의 힘을 품고 있다는 점이었다.

사실상 키르히는 적을 불사르는 자가 아니라 분쇄하는 자였다.

이윽고, 그 살육을 보다 못한 아스가르드의 고위급 전사가 성인 남성을 두 명 합친 것만큼 큰 날을 자랑하는 손도끼와 집의 지붕을 연상케 할 만큼 거대한 방패를 들어 올리며 키르히에게 돌진했다.

그는 그 모든 무장을 손쉽게 사용할 수 있는 거인이었다.

“나는 1,000명의 에인헤랴르를 지휘하는 자! 하이볼크의 힘을 받은 전사여, 이름을 밝혀라!”

방패를 앞세우고 맹수처럼 돌진하던 그는 자신의 두 다리로부터 버림받았다.

무릎 위쪽이 잘린 거인 전사의 두 다리가 단면이 검게 구워진 채 좌우로 굴렀고 다리를 잃은 전사는 방금 칼을 휘두른 키르히의 발 앞에 파도에 휩쓸려 온 불가사리처럼 굴러왔다.

"내가 그 빌어먹을 키르히 펙터다!"

발끝에 화염을 붙이고 상대의 머리를 걷어찬 키르히는 순식간에 불씨로 변한 상대의 잔해를 칼바람으로 걷어내며 다음에 죽일 자를 물색했다.

"대체 뛰어오는 놈들마다 내 이름을 물어보는 이유가 뭐야? 난 그냥 집에 가고 싶어서 발악하는 사람이라고!"

그가 두 칼을 거꾸로 돌려 잡아 땅에 꽂자 지면이 쪼개지고 그 틈으로 화염의 폭풍이 올라왔다.

키르히가 있는 위치로부터 지평선에 닿을 만한 거리 안에 있는 모든 것이 까맣게 탄화되어 바스러졌다.

힘을 잔뜩 쏟아낸 키르히는 그럼에도 물러섬 없이 몰려드는 적들을 보며 짜증을 냈다.

"이거 진짜 끝도 없잖아?"

키르히와 달리 아레스는 주변 상황을 파악하여 적들이 정말로 어딘가에서 '쏟아지고' 있음을 느꼈기에 그냥 검술로만 적들을 상대한 것이다.

그 두 명이 자신의 체력을 걱정할 무렵이었다.

리오의 검에 미카엘의 권능이 찢어지는 굉음이 그 전쟁터를 흔들었다.

그에게 미리 신호를 받아 옆으로 물러났던 피엘은 리오의 디바이너를 둘러싼 검은색의 불꽃과 그의 검은 망토, 그리고 마치 두건처럼 리오의 머리를 덮은 망토의 윗자락을 보고는 퀸 클래스, 아니, 킹 클래스의 쉬프터를 처음 목격했을 때의 느낌을 받았다.

다시 닥쳐 오는 미카엘의 권능을 맨손으로 긁듯 찢어낸 리오의 손끝에서는 탄핵의 판결을 알리는 검은색의 안개가 뒤따르고 있었다.

미카엘은 간단히 무력화된 자신의 권능과 그 무지개색의 잔해를 지켜봤다.

"오딘 님의 예언대로군. 그대는 어둠의 존재들과 같은 길을 걷게 된 것이야."

"그 길 한가운데에 계속 계시면 다칠 것 같은데?"

리오는 머리를 덮은 망토 자락을 걷으며 디바이너의 끝으로 미카엘의 가슴 쪽을 겨눴다.

"내가 보고 싶었던 것은 모두 보았다."

미카엘이 왼손을 들었다.

"결말은 비그리드에서 내도록 하지."

전장에 있었던 모든 천사와 악마, 아스가르드의 전사들

이 일제히 미카엘과 함께 승천하여 그 자리에서 사라졌다.

"거기서 결판을 못 내면 누가 잡아먹기라도 하나?"

리오가 검을 내리며 짜증을 냈다.

평상시의 모습으로 돌아온 피엘은 검은색의 망토를 걸친 리오를 걱정하여 바라봤다.

"선택에 후회는 없으시겠죠?"

피엘의 그 말을 들으며 디바이너를 칼집에 넣은 리오는 잠깐 가만히 있다가 뭔가 떠오른 듯 그녀를 봤다.

"아르비스에게 그 질문을 해볼 걸 그랬군."

"여전하시네요."

실소를 터뜨린 피엘은 저 멀리서 터벅터벅 걸어오는 키르히와 아레스를 보며 손을 흔들었다.

"이제 비그리드로 올라가도록 하죠. 며칠은 걸리겠지만요."

"기대되나?"

리오가 묻자 피엘은 미묘한 방향으로 고개를 움직였다.

"정말 그곳에서 끝난다면 말이죠."

"그래, 그렇지."

리오는 저 멀리 산맥 너머로 보이는, 지금보다 더 위쪽의 세계로 올라갈 수 있도록 뻗어 있는 하늘의 길을 지그시 바라봤다.

“그랬으면 좋겠군.”

리오는 새로 입은 검은색의 망토를 만지작거리며 키르히와 아레스가 합류하기를 기다렸다.

CHAPTER 107

황혼

GodsKnightR

검게 변한 것은 망토만이 아니었다.

리오의 머리카락 역시 모근을 시작으로 하여 차츰 검은 색으로 물들어가고 있었다. 저녁 식사가 다 만들어질 무렵에는 눈썹도 석탄처럼 까맣게 되었다.

하지만 그가 만드는 음식의 맛은 변하지 않았다. 덕분에 지크와 키르히, 아레스, 피엘은 가까스로 걱정을 덜 수 있었다.

"이제 내일 아침이면 비그리드에 도달할 수 있겠군요."

피엘이 식사를 하며 말했다. 표정은 덤덤했다.

"그런데 우리의 머릿수는 변함이 없군. 뭐, 죽은 사람이 없으니 다행이지만."

리오는 자신이 만든 음식을 포크로 대강 휘저으며 말했다.

몸 전체가 쉬프터에 가깝게 바뀌었지만 그의 혀는 변함없이 맛을 느낄 수 있었다.

다른 쉬프터들이 음식의 섭취에 문제가 없었던 만큼 리오라고 해서 다를 것은 없었다.

그러나 에너지의 공급원이 달라지면서 배고픔을 느끼지 못하는 것도 쉬프터들과 마찬가지여서 음식을 시큰둥하게 대할 수밖에 없었다.

"비그리드에서 우리를 기다리는 적의 숫자는 얼마나 될까요?"

피엘의 질문에 리오는 쓴웃음을 지었다.

"숫자 문제는 우리가 당신한테 해야 하는 질문이 아닐까?"

"혹시나 해서……."

피엘은 슬쩍 말을 받아넘기려다가 입을 다물었다. 결전을 몇 시간 앞둔 상황에서 어영부영 화제를 넘기고 싶지 않아서였다.

"숫자보다는 당신의 본능을 믿고 싶어서 여쭤봤지요."

"본능?"

"싸움에 대한 본능은 저보다 당신이 앞서니까요. 그것만으로 지금까지 말도 안 되는 일들을 계속 저지르시지 않았습니까?"

"그렇군."

리오는 포크로 접시 위에 놓인 햄버그스테이크를 짓눌러 잘랐다.

"본능 이전에 우리는 이길 수 없는 싸움을 하고 있어."

"예?"

"하얀 우주의 의지가 분명 우리를 파악하고 있을 거야. 그리고 녀석이 제대로 나서면 우리는 한순간에 끝이지."

그가 잘라 만드는 햄버그스테이크의 조각이 점점 늘어났다.

"녀석은 내가 이렇게 장난을 치는 것보다 더 빠르고 쉽게 사냥꾼들을 불러내고 숫자를 늘릴 수 있어. 그것만으로도 우리가 감당할 수 있는 존재가 아니라는 것은 명백하지."

"......"

"놈은 하이볼크의 아카식 레코드도 장난처럼 다룬 능력자일 뿐만 아니라 프라이오스와 사이악스도 녀석의 위치를 제대로 파악하지 못해서 우리 신계라는 작은 세계를 그냥 보고만 있었지. 프라임들의 눈을 속이는 것만큼 대단한 일이 이 우주에 있을까? 난 없다고 봐."

그는 잘게 자른 고기 조각을 입에 넣었다.

"내가 봤을 때 하얀 우주의 의지는 아마 화가 단단히 나 있을 거야. 프라이오스가 자리를 비웠을 때 슬쩍 우리를 지우고 도망갈 수도 있는 놈이 지금껏 가만히 있으니 말이야."

"그때 봤을 때 뒤끝이 무진장 안 좋은 놈 같긴 하더군."

지크가 미적지근하게 웃으며 투덜거렸다.

"그래, 그리고 우리 기분이 가장 괜찮을 때 나타나서 우리를 상대로 그 뒤끝을 작렬하겠지. 예를 들어 우리가 스승님의, 아니, 오딘의 군대를 상대로 이겼을 때? 고문이든 뭐든 해서 우리에게 절망을 주고 싶어 할 거야."

리오의 검은색 머리카락을 가만히 보고 있던 키르히가 포크로 접시를 쿡 찔러 소리를 냈다.

"선생, 녀석이 그냥 우주 어딘가로 도망쳤을 수도 있잖아?"

"그건 아닐 거야."

"왜 그렇게 단정 지을 수 있는 건데?"

"치욕에 익숙한 녀석 같진 않았거든."

리오의 분석에 모든 이가 그를 봤다.

"녀석이 우리가 잠깐 있었던 그 별을 날려 버리면서 나타났을 때를 기억해?"

리오는 설명을 하며 모든 이와 한 번씩 눈을 마주쳤다. 대답을 할 수 있느냐고 질문하는 듯한 행동이었다.

모두가 말이 없자 리오가 씩 웃었다.

"프라임들의 눈을 피할 만큼 용의주도한 녀석치고는 행동이 너무 거칠었지. 녀석은 그때 우리를 처리하려 한 게 아니라 보복을 하려고 했어. 우리를 멀리서 툭 제거해 버릴 수 있는 능력자가 굳이 우리가 죽는 꼴을 가까이에서 보려고 한 거야. 상대에게 직접적인 폭력을 가해서 그 느낌을 통해 속을 풀고 싶은 꼬마처럼 말이지."

"그 상황에서 별생각을 다 했네."

키르히가 질렸다는 듯 말하자 지크가 키득거렸다.

"내가 저래서 저놈을 싫어하는 거야. 냄새를 너무 잘 맡거든. 저놈이랑 같이 살 여자는 아마 5분에 한 번씩 목욕을 해야 할걸?"

"그래서 선생에게 여자가 없는 거군."

둘은 뭐가 그리 좋은지 서로를 보며 껄껄 웃었다.

"그 불행한 결말의 전제조건은 우리가 저 위에 계신 분들을 상대로 이겨야 한다는 것이군요?"

아레스가 말했다.

"모르지. 갑자기 휙 돌아서 싸움터의 한가운데에 나타날 수도 있고.”

리오의 어깨가 한 번 들썩거렸다.

“하지만 십중팔구 우리가 이겼을 때 나타날 거야.”

“그렇다면 스승님, 어떻게 이기죠? 적당한 군대가 필요할 것 같은데 말입니다.”

“군대라.”

리오는 검지의 두 번째 관절 끝으로 자신의 턱밑을 연거푸 쓸었다.

“비서관이 오리지널들을 동원하면 여기에 여섯 명이 더해지지. 하지만 오리지널을 전부 움직이게 되면 비서관의 전투 능력이 떨어질 거야. 부담이 없진 않을 테니까. 내 말이 맞나, 비서관?”

“그렇지요. 하지만 그 외에 숫자의 차이를 감당할 수 있는 전략전술은 떠오르지 않는군요.”

“전략전술이라…….”

키르히가 중얼거린 뒤 한숨을 쉬었다.

“그런 건 파렌의 일인데 말이지.”

“아무리 어르신이라도 신들과 싸우는 상황에 대응하는 것은 좀 무리가 아닐까?”

아레스의 말에 키르히는 고개를 절레절레 저었다.

“몰라서 그러는 것 같은데, 우리 고향에서 있었던 그 말도 안 되는 일을 전부 마무리 지은 게 파렌이라고. 머리 하나만 믿고 거기까지 간 우리 리더를 쉽게 보지 마."

"어쨌든 지금은 도움을 받을 수가 없잖아? 아무리 카샤가 고향에 돌아갔다 해도 지금은……."

"그 일은 끝났을 거야."

대화를 나누던 남자들이 어둠 속에서 갑자기 들려온 목소리에 움찔했다.

가장 놀란 사람은 의외로 리오였다.

"아르비스?"

"흥, 유령이라도 본 얼굴이군. 그런 얼굴도 나쁘진 않네."

검은색 불길과 함께 나타난 것은 가면을 벗은 모습의 아르비스였다.

그녀는 촌스럽다는 시선으로 리오와 모든 이를 돌아봤다.

"내가 설마 멋지게 희생하고 사라질 만큼 착한 존재라고 생각하진 않았겠지?"

"그걸 떠나서 연출이 딱 그랬는데?"

지적한 키르히가 당황한 표정으로 그녀를 바라봤다.

아르비스의 표정이 조금 이상해지더니 결국 머리를 만지며 곤란해했다.

"나도 내가 소멸할 줄 알았는데 정신을 차리고 보니 우리 본거지더라고. 아무래도 내가 할 일이 많이 남았나 봐."

"하."

리오가 머리를 흔들며 웃었다.

"뭐라고 할 말이 안 떠오르는군."

"시원섭섭하다는 말은 어때?"

지크가 도움말을 건넸다.

"그보단 그냥 짜증이겠지."

리오는 실소를 터뜨렸고 아르비스는 지크를 무서운 눈으로 노려봤다.

"흥, 아무튼 그 원숭이 꼬마는 너희들의 소원대로 고향에 돌려보냈어. 그쪽은 모든 것이 원래대로 회복됐지. 그때 소동으로 죽은 사람들까지 그 꼬마가 다 되살렸다더군. 과연 그 세계의 신다워."

"죽은 사람들이 살아났어? 혹시 그 마을 사람들까지?"

키르히가 기대감을 갖고 질문해 오자 아르비스는 고개를 저었다.

"거기까진 듣지 못했어. 어쨌거나 원숭이를 배웅해 준 내 선배와 지금 연락이 가능해. 아, 나에게 고마워할 건 없어. 그 선배가 멋대로 하는 일일 뿐이니까."

"선배라면… 그 가면에 흠집이 난 룩 클래스?"

"맞아."

"흠……."

키르히는 어찌하면 좋겠느냐는 눈으로 리오를 봤다. 옆자리에 앉아 있는 리오는 기대감이 없는 얼굴로 키르히의 어깨를 툭 쳤다.

"어떻게 하든 네 마음이지만 그 파렌이라는 친구가 아무리 전략전술의 천재라고 해도 무리일 거야. 지금 우리가 하는 일은 그 친구에게 재능을 준 하늘을 뛰어넘는 일이니까. 아마 말만 들어도 황당해할걸?"

"그, 그렇겠지?"

"더불어서 나에게 적당한 작전이 하나 있긴 해."

"그래?"

키르히는 기대를 하려다가 말고 미묘한 표정을 지었다.

"혹시 그 작전이라는 게… 다짜고짜 진입해서 때려죽이자는 건 아니겠지?"

"맞아. 너도 이해할 수 있는 훌륭한 작전이지."

김이 샌 키르히는 턱을 받치며 다른 곳으로 고개를 돌렸다.

"성공하면 우리는 제대로 된 군대의 지원을 받을 수 있고, 실패하면 지크 한 명만 저 하늘의 별이 될 거야."

뭔가 구체적인 말이 리오의 입에서 나오자 주인공으로

지목된 지크가 오히려 당황했다.

"내가?"

"너밖엔 못해."

리오는 지크의 갑옷 어깨를 손끝으로 두드렸다.

"마침 좋은 연락책이 있으니 이 엉터리 작전이 좀 그럴싸해질 것 같군."

리오는 교신기를 꺼낸 뒤 자신의 생각을 문자로 바꿔서 화면에 띄웠다.

"역시 난 운이 좋아. 여러모로 말이지."

즐겁게 중얼거린 리오는 그것을 모두에게 보여주었고 일행의 표정은 파랗게 변했다.

가장 황당해하는 사람은 지크였다.

"나보고 죽으라는 거지?"

"안 죽을 확률이 더 높을걸?"

리오가 농담하듯 대답했다.

"난 고작 이런 일을 하려고 아직까지 살아 있다는 건가?"

아르비스는 특유의 짜증 섞인 표정과 목소리로 불만을 드러냈다.

리오는 고개를 흔들었다.

"우리가 할 수 없는 일을 하는 거잖아? 실제로 네가 다시 나타나기 전까지는 막연한 희망사항이었던 것이 현실로 바뀐 거야. 그것만으로도 충분해."

그의 말에도 불구하고 아르비스의 표정은 더욱 흉해졌다. 그녀가 가진 여러 가지 불만 사항 중 하나가 방금 전 리오의 입을 통해 터져 버린 것이다.

"감히 나를 희망의 전도사로 바꿔놔? 너희를 실망시킬지도 모른다는 걱정을 내가 왜 해야 하는데?"

"그럼 지금 이 자리에서 아예 못 하겠다고 말을 해. 그럼 우리도 손해 볼 것 없어."

리오의 냉정한 말에 아르비스가 흥분하여 이를 갈았다.

뭔가 험한 얘기가 나올 것 같다는 느낌을 받은 지크가 자리에서 일어나 둘 사이를 팔로 밀치며 끼어들었다.

"워워, 됐어. 됐다고. 싸우는 걸로 시간을 낭비할 수는 없잖아?"

지크는 리오가 들고 있는 교신기를 낚아채어 아르비스에게 주었다.

"이걸 가져가면 그들도 널 믿어줄 거야. 사실 이런 것도 필요 없겠지. 그쪽 분위기가 어떤지는 모르지만 아마 우리를 도와주고 싶어서 안달이 났을 테니 반드시 성공할 거야."

교신기에 대한 미련이 없는 리오는 지크의 말에 동의한다는 듯 고개를 끄덕거렸다. 아르비스는 지크를 가만히 보다가 그가 내밀고 있는 리오의 교신기를 받았다.

"아, 프라이오스는 어디 있지?"

리오가 물었다.

"현재 프라이오스 프라임께서는 하이볼크와 함께 계시지."

아르비스의 대답에 피엘이 깜짝 놀랐다.

"주신계에서 말입니까?"

"아니. 하이볼크를 데리고 신계의 이곳저곳을 떠돌고 계셔. 프라이오스 프라임께서 왜 그러시는지는 나도 몰라. 하지만 내가 그분께 가는 것은 문제도 아니지. 은신을 안 하고 계시거든."

"두 분 다 대담하시군요."

"안전 문제만 따지자면 가장 확실하지 않을까?"

"그야 그렇지만요."

피엘은 어색하게 안도의 한숨을 내쉬었다.

"그럴 거라 생각했지만 사실이라면 딱 좋군."

리오가 말했다.

"아르비스는 지금 당장 하이볼크에게 가서 '그들'의 권한을 넘겨받을 준비를 해달라고 해. 당장 탈취하는 것도 방법이겠지만 프라이오스가 직접 돕지 않는 이상 하이볼크의 능력으로는 불가능할 거야."

"무슨 뜻인지 알겠군. 좋아, 그렇게. 그럼 난 지금 당장

출발하도록 하지."

뒤로 물러난 후 자신의 몸에 검은색 화염을 두르던 아르비스가 잠깐 동작을 멈추고 리오를 봤다.

"지금 꽤 고통스러울 텐데?"

"뭐가?"

"감각이 확장된 탓에 온갖 소리가 다 들릴 거야. 이 위그드라실은 물론 하이볼크의 신계의 모든 존재가 내지르는 기쁨과 노여움, 슬픔과 즐거움이 정신없이 네 의식에 꽂히고 있을 테니까."

"그건 아까 적응을 끝냈어. 오딘이 술을 마시는 소리까지 내 귀에 들리고 있지."

"적응했다면 놀랍군. 하지만 마지막에는 결국 기적을 바라야 할 거야."

아르비스는 물론 3번 경작지의 쉬프터 모두가 하얀 우주의 의지를 신경 쓰고 있었다.

"개인적으로 한 번쯤은 해보고 싶었던 일이기도 해."

"웃기는군. 그럼 잘 싸워봐."

아르비스의 모습이 불꽃과 함께 사라졌다.

"정말 그들이 우리를 도와줄까요?"

"그들은 인간과 달라."

리오가 딱 잘라 말했다.

"그들은 신이 구체적으로 어떤 모습을 하고 있는지, 뭐하는 존재인지, 성격이 어떤지, 뭘 좋아하고 싫어하는지를 정확히 알기에 신앙심이라는 개념이 인간과는 달라. 우리와 그들 모두에게 있어서 신은 범접할 수 없는 존재나 상상 속의 존재가 아니라 상식이야. 좀 힘이 센 옆집 아저씨나 아줌마 정도에 불과하지."

"종교 지도자들이 그 말을 들으면 눈이 뒤집히겠군요."

아레스가 웃으며 말했다. 용병 생활을 하면서 온갖 사이비 종교 집단을 다 만나봤던 경험 때문이었다.

리오도 피식 웃었다.

"뭐 어때? 그들이 실제로 존재하는 신을 믿는다면 우리는 그 신과 인증 사진을 찍어서 증거로 보여줄 수 있는 사람들이라고."

"자기네들 신의 진짜 모습에 실망할 수도 있겠군요."

"신자들에게 보여줄 사진이라고 하면 알아서들 잘 꾸미더군."

"해보셨습니까?"

"장난만 한 번 쳐봤지. 교신기를 만지기 전에는 신의 모습이 찍히는 사진기 따위를 본 적이 없거든."

"그렇군요."

아레스는 자신의 품에서 교신기를 꺼냈다.

“이게 좋은 물건이라는 것은 알겠는데 대체 누가 만들었는지 모르겠군요.”

“아네라의 기술자가 만든 거예요.”

더 이상 신계의 비밀을 숨길 필요가 없는 피엘이 직접 대답해 주었다.

“프레데릭 6세. 지르콘 나이트였지만 자신의 부족을 스스로 떠나 우리를 돕게 되었지요. 아네라와 관련된 주신계의 모든 기계는 그분이 만드셨답니다.”

그가 누군지 알고 있는 지크가 깜짝 놀랐다.

“프레데릭? 제가 만났던 그 프레데릭 말이에요?”

“맞아요, 지크 님.”

“살아 있나요? 살아 있다면 어디 있죠?”

피엘은 대답에 앞서 생각을 하다가 다시 그를 봤다.

“악마대공 다르칸 님을 기억하시나요?”

“물론이죠!”

“다르칸 님은 원탁에 가입하라는 악마왕 분들의 청을 거절하셨지요. 같은 경험을 반복할 수는 없다고 하시면서 말이죠. 결국 그분은 숙청을 당하셨고 친구를 잃으신 프레데릭 6세께서는 반복되는 역사에도 견딜 수 있는 기록 장치를 우리에게 제공하셨답니다. 그 장치 중에 하나가 바로 교신기들이지요. 교신기는 5천만 대 가까이 수작업으로 만들어졌지만 각종 사고로 유실되면서 지금은 수천 대만 남아 있어요."

"그럼 프레데릭 아저씨는요?"

"교신기 제작 현장에서 프레데릭 일파가 보낸 자객에 의해 목숨을 잃으셨어요. 예전에 우리가 만났던 오토마르 일파가 프레데릭 6세님의 행동을 이유로 프레데릭 일파 전체를 압박했다고 하더군요."

"그 정보는 어떻게 얻으셨죠?"

지크가 묻자 피엘이 쓴웃음을 지었다.

"오딘 님께서 말씀해주셨어요. 지금은 그 말씀이 진실인지는 잘 모르겠군요. 아무튼 프레데릭 6세께서는 우리 모두를 위하여 정의를 믿고 끝까지 헌신하셨어요. 오딘 님께서 우리에게 보내주신 그분의 시신은 제가 다시 수습하여 주신계의 신전 뒤뜰에 묻어드렸답니다."

프레데릭과의 기억이 아직도 또렷한 지크는 그가 남긴 유품이라 할 수 있는 교신기를 굳게 쥐었다.

"내일 꼭 이겨야겠네요. 대충이라도 성묘 정도는 해야죠."

"저도 함께 가서 그분께 고맙다는 인사를 드려야겠네요. 묻어드린 이후로는 한 번도 가지 못했으니까요."

피엘은 지크의 등을 두드려 주었고 지크는 끄덕거리는

것으로 긴말을 대신했다.

*　　*　　*

"태양의 위치로 보자면 아침 10시 정도인가?"

리오는 이제 완전히 검게 변한 머리카락을 흔들며 하늘을 봤다.

손으로 그늘을 만들고 구경을 하는 그의 모습에 피엘은 자신의 교신기를 꺼내 조작해 봤다.

"아스가르드의 시간으로는 9시가 조금 넘었군요. 출근 시간으로 따지자면 지각인가요?"

"그만큼 늦게 퇴근하면 되겠지. 물어볼까?"

리오는 녹음이 군데군데 섞인 비그리드의 대평원을 봤다. 산이고 뭐고 아무것도 보이지 않는 그 평평한 땅의 너머로 위그드라실의 굵직한 줄기가 보였다.

구름과 공기의 산란 때문에 흐릿한 그 줄기의 밑에는 오딘의 군대가 새까맣게 자리 잡고 있었다.

"부담스럽네."

리오는 쉬프터와 사냥꾼들을 제외하고 가장 강력한 수준의 정예 부대가 끔찍할 정도의 머릿수를 자랑하며 자신들을 지켜보고 있는 것에 도저히 웃음을 참을 수가 없었다.

키르히와 아레스도 마찬가지였다. 셋 다 싱글싱글 웃다가 결국 미친 듯이 서로의 어깨와 머리를 두드리며 웃어버렸다.

"제길, 선생. 나 지금 집에 가면 안 될까? 하하하하!"

"후후, 가서 오딘의 신발이라도 핥아봐. 보내줄지도 모르지."

"하하하!"

급기야 너무 웃어서 숨을 쉬기가 곤란해진 키르히는 바닥에 엎드리다시피 하면서도 계속 웃었다.

지크는 피엘과 마찬가지로 가만히 있었으나 투구 속의 표정은 터지는 웃음 때문에 가관이었다.

웃음이 그치자, 리오는 지크와 피엘에게 손짓을 하여 한자리에 모이게 했다.

"오랜만에 그거 해볼까? 처음 주신계를 방문했을 때 이후로는 해본 적이 없었던 것 같군. 연습은 하루 내내 했는데 말이야. 어때, 비서관?"

"그거 말인가요? 몇몇 구절을 바꿔야 할 것 같은데요?"

"이곳에 오면서 바꿔봤어."

"그거? 난 기억도 안 나는데."

지크는 투덜거리면서도 다른 둘과 마찬가지로 자신의 칼을 땅에 꽂은 뒤 왼쪽 무릎을 땅에 대고 오른쪽 무릎을 세우며 자리에 앉았다. 투구는 완전히 벗어서 옆에 내려놓았다.

그들이 무엇을 할지 짐작한 키르히와 아레스가 엄숙히 지켜보는 가운데, 셋은 각자가 쓰는 무기의 자루에 손바닥을 댄 뒤 엄숙히 고개를 숙였다.

그리고 리오가 입을 열었다.

“우리의 어머니시여. 하늘에 계시는 가장 위대한 분이시여. 하이볼크라는 그 이름은 언제까지나 거룩하리니.”

셋의 무기가 각자의 심장 고동에 맞춰 진동했다. 현재 심장이 없는 리오는 염동력으로 고동을 만들어 검을 진동시켰다.

“오늘 저희에게 용기를 주시고, 오늘 우리가 지를 죄를 용서하소서. 당신의 용기와 용서로 우리는 영원토록 악으로부터 세상을 구하리니.”

뒤이어 세 명이 일제히 눈을 떴다. 리오의 눈은 붉은색으로, 피엘의 눈은 황금색으로, 지크의 눈은 전류를 머금은 푸른색으로 빛났다.

“우리의 어머니시여, 하늘에 계시는 가장 위대한 분이시여, 세상의 모든 악을 용서하소서. 우리가 미처 구하지 못한 자들의 영혼을 치료하시고 씻기어 편히 눕게 하소서.”

셋이 다시 눈을 감았다.

"우리의 어머니시여, 하늘에서 가장 거룩하게 빛나는 분이시여. 우리로 하여금 영원히 악을 벌하게 하시옵소서. 당신의 무력을 대행케 해주시고, 악의 유혹을 물리칠 수 있게끔 해주시고, 최후의 최후까지 정의를 실현케 하시옵소서."

마지막으로 셋은 무기에서 손을 떼고 주먹을 쥔 오른손을 왼손으로 감쌌다.

"하이볼크여, 우리가 걸어온 길의 핏물은 당신의 위대한 빛이 씻어 깨끗이 하리라."

마지막까지 기도문을 읊은 리오는 장난기가 발동했는지 피식 웃었다.

"오늘은 일거리가 많을 거요."

"후."

"후훗."

지크와 피엘이 피식 웃었다.

먼저 일어난 피엘이 창을 다시 뽑아 들며 말했다.

"본래 우리는 싸울 때마다 이 기도문을 읊어야만 하지요."

"아, 들은 기억이 나네요. 전 한 번도 안 했지만."

지크가 헬멧을 쓰며 말했다. 피엘은 고개를 끄덕거렸다.

"실은 저도 몇 번 안 했어요. 읊는 와중에 목표들이 다 도망가더군요."

그러자 리오와 지크가 그녀를 돌아봤다.

"그럼 우리한테는 왜 가르쳐 준 거예요?"

"당신들도 한번 당해보라는 뜻이었죠."

"……."

리오와 지크는 깨진 접시를 보듯이 피엘을 쳐다봤다.

"예, 저는 농담에 소질이 없네요."

피엘은 그만하라는 듯 왼손을 휘저어댔다.

"두 분, 준비는 됐나요?"

"그 재미없는 농담 덕에 시간이 딱 맞았지."

위로 바짝 치켜 올린 리오의 오른손 손바닥 위에서 검은색의 불꽃이 올라왔다.

아스가르드의 태양빛을 받아 완성된 데이브레이크의 파괴 에너지에 탄핵의 판결이 더해지면서 데이브레이크 레바테인의 불길한 형태가 뚜렷해졌다.

"호, 저것이 데이브레이크!"

오딘의 옆에 앉아 있는 큰 몸집의 사내가 무쇠솥뚜껑처럼 크고 거칠며 두꺼운 자신의 손으로 무릎을 쳤다.

"겁쟁이들처럼 기도문을 외우기에 실망했는데 실제로는 저것을 만들기 위한 눈속임이었군요!"

"그래, 영특하고 치밀한 녀석이지. 빛의 흡수와 변환의 과정을 피엘 플레포스와 지크 스나이퍼가 힘으로 가로막아

감췄군."

의자에 앉아 전장을 지켜보던 오딘이 껄껄 웃었다.

"이 정도의 긴장감도 못 주면 재미가 없지 않나?"

"과연! 하하하!"

오딘과 사내가 담소를 나누는 한편, 데이브레이크 레바테인의 에너지 덩어리가 비그리드 건너편의 위그드라실을 불태울 기세로 날아왔다.

녹색으로 빛나는 하이엘바인이 그에 대응하기 위해 앞으로 나서자 오딘과 함께 웃고 있던 사내가 그녀를 손을 막으며 일어났다.

"몸을 풀기에 딱 좋아 보이는구나! 나에게 맡겨라!"

하이엘바인은 무표정한 눈으로 고개를 끄덕이며 물러났다.

깊은 밤색 곱슬머리의 사내는 오른손의 손가락을 굽히며 공기를 거머쥐었다.

"오랜만에 울부짖어라, 묠니르여!"

마른하늘에서 떨어진 굵직한 번개가 그의 손아귀에 뭉치더니 거인의 머리도 한 번에 쪼갤 만큼 비정상적인 크기를 가진 망치로 변했다.

번개를 타고 데이브레이크 레바테인의 에너지 앞까지 돌진한 사내는 두 손에 쥔 묠니르를 오른손으로 들고는 몸을 돌리며 망치를 휘둘렀다.

"타아앗!"

그야말로 촛불이 꺼지는 듯한 광경이었다.

오로지 힘으로 데이브레이크가 파손되는 황당한 광경을 목격한 리오는 혀를 차며 땅에 꽂아둔 검을 뽑아 들었다.

"그래, 저렇게 남성호르몬을 몸에 덕지덕지 바르고 다니는 아저씨가 한 명쯤은 있을 것 같았지. 저것 봐. 수염도 잔뜩 났잖아?"

그리고 그는 씩 웃었다.

"그렇지, 지크?"

파열된 데이브레이크 레바테인의 불꽃 속에서 푸른색의 플라즈마 불꽃이 빛의 속도로 튀어 올랐다.

묠니르를 휘두른 사내도, 오딘과 하이엘바인도 그 속도를 눈치챘을 때는 이미 늦었다.

파열하여 흩어지던 데이브레이크 레바테인의 불꽃을 깃발처럼 왼손에 거머쥔 지크는 그것을 무명도의 칼날에 바른 뒤 목표 지점에 착지했다.

그의 눈앞에는 용들의 신, 브리간트가 서 있었다.

브리간트는 접어놨던 채찍을 풀고 권능을 발산하며 대응하려 했으나 그녀의 권능은 지크가 칼에 바른 검은색 불꽃에 잘려 무용지물이 됐다.

하이엘바인이 풀어낸 쇠사슬, 그레이프니르가 지크를 막기 위해 튀어나왔다. 지크는 오직 그녀만이 시간의 축에서 벗어난 듯 날쌔게 움직이는 것을 목격했다.

지크는 프라이오스가 심어준 두 개의 아리스톤 씨앗 중 하나를 터뜨렸다.

그의 갑옷 곳곳이 열리면서 푸른색의 플라즈마가 격렬하게 새어 나왔다.

주변의 존재들은 그때까지도 고개를 돌리는 수준의 대응밖에 하지 못했다.

[나를 죽이면 용족 전체가 사라질 것이다!]

[그게 걱정되면 여기 말고 밖에서 관리를 하셨어야지!]

브리간트는 입으로 전달할 수 없는 수준의 초고속 정신감응으로 지크를 방해하려 했으나 지크 역시 그와 동일한 속도의 정신감응으로 대응했다.

휘감아오는 그레이프니르를 공중에서 곡예하듯 피한 지크는 드래곤의 모습으로 변하려는 브리간트의 두 팔과 허리, 그리고 목을 차례로 베었다.

지크가 아무런 대책 없이 무명도로만 그녀를 베었다면 브리간트는 문제없이 살아났겠지만 검에 씌워진 탄핵의 판결은 그 창조주급 신에게 치명타를 입혔다.

잘린 그녀의 몸뚱이들이 재로 변하여 사라지는 것을 확

인한 지크는 다시 닥쳐오는 그레이프니르를 높은 계단 타듯 밟아 도약한 뒤 아직 발동 중인 아리스톤 씨앗의 힘을 모두 소모하여 그곳에서 이탈했다.

착지 직전에 힘이 빠진 지크는 땅을 굴렀으나 리오가 발끝으로 그를 막아 멈추게 해주었다.

리오가 어제 궁리한 일격이탈 전법이 제대로 먹혔음을 증명하듯, 비그리드의 상공에 공간이동을 돕기 위한 초대형 출입구가 수없이 열렸다.

드래고니스의 전투용 블록을 중심으로 서룡족과 동룡족의 연합함대가 푸른 하늘을 꽉 채웠다.

아직 머리가 남은 브리간트는 자신에게 닥친 소멸에도 아랑곳 않고 함선들로부터 힘차게 쏟아져 내려오는 자신의 후손들을 희미한 눈으로 바라봤다.

'하이볼크가 너희의 존재를 유지시켜 주었구나. 그래, 내가 먼저 너희를 버렸지. 오딘 님의 명에 따라 너희들 전부를 파프니르로 바꿔 의식이 없는 군단으로 만들려 했단다. 도리를 먼저 저버린 이 어미에게 그토록 웅장하고 건강한 모습들을 보여주다니… 실로 자랑스럽구나, 아이들아.'

사라지려는 브리간트를 향해 누군가가 바쁜 걸음으로 달려왔다.

브리간트가 요르문간드로서 태어났을 무렵처럼 좋은 혈

색을 가진 채 하이엘바인의 기억으로부터 돌아온 로키였다.

브리간트의 상처가 보통이 아님을 깨달은 로키는 아쉬운 표정으로 그녀의 머리를 쓰다듬어 주려 했다.

하지만 브리간트는 그 손길을 기다려 주지 않고 곧바로 사라져 버렸다.

자식이 사라진 장소에 무릎을 꿇은 신, 로키는 몸을 숙이며 슬퍼했다.

그에게 지크를 놓쳐 버린 곱슬머리의 사내가 다가왔다.

"내가 놈을 막지 못했네, 로키여."

"아닙니다, 토르 님."

로키가 손을 들어 그 사내, 토르의 묵직한 무릎을 쳤다.

"저는 잠시 이곳에 있겠습니다. 용맹한 의형제여, 당신은 선두에 서서 이 잔치를 즐기십시오."

"아아, 그러지. 브리간트의 몫까지 해 보이겠네."

토르는 다시 번개를 타고 이동했다.

양쪽의 군대가 다시 자리를 잡고 진형을 만드는 가운데, 리오가 서룡족과 동룡족 군대의 대표자들에게 큰 목소리로 지시했다.

"전략전술 담당은 피엘 플레포스 비서관입니다! 나와 다른 녀석들은 최전방을 담당할 테니까 작전은 비서관에게 들으십시오! 공중에 있는 함선들은 어서 후방으로 빼시고!"

"알고 있네, 리오 스나이퍼!"

서룡족의 대표자는 카이리 블랙테일이었다.

그 갈색 피부의 여성은 리오의 검은색 머리를 보며 밝게 웃었다.

"못 본 사이에 염색했나? 위그드라실 방문 기념은 아닌 것 같고?"

"뭐, 비슷합니다! 용제 전하는 어디 계십니까?"

"드래고니스의 거주 구역에 계시지! 한 여섯 시간 뒤면 일어나실 것이네! 자네들이 죽는 꼴을 보여 드리긴 좀 그래서 말이야!"

"혹시 약을 쓰셨습니까?"

"일어나자마자 토하실걸?"

말을 한 카이리와 그에 안도한 리오가 활짝 웃었다.

"언제까지 카이리 블랙테일 님과 인사를 할 건가?"

동룡족의 대표자는 대장군 직책을 받고 온 장년기의 남성이었다.

"올파드라고 하네! 자네는 날 모른다며?"

"대충 저에 대해 아시는군요! 저도 성함만은 들었습니다!"

각 용족들이 착지하고 진형을 짜는 소리가 너무 컸기에

둘 다 고함을 지를 수밖에 없었다.

"팔 한쪽은 집에 두고 오셨습니까?"

리오의 도발적인 질문에 올파드는 허리에 찬 네 자루의 도검을 보여주었다.

"칼 여덟 자루를 들고 다니면 서로 부딪혀서 시끄럽거든! 하하하하!"

올파드의 상징은 바로 외팔을 이용한 검술이었다. 팔 하나로 최대 네 자루의 도검을 다루는 그의 솜씨는 일찍이 서룡족과의 전쟁에서 악명을 떨쳤지만 포로에 대한 대우가 좋았고 절대로 희생을 강요한 적이 없었기에 인격적인 면에서는 모든 용족에게 존경을 받고 있었다.

"아무튼 환영합니다!"

"아, 그래! 자네가 드래고니스를 지켜줬다는 말은 들었네! 그리고 이번에는 모든 용족의 목숨을 지켜주었지! 이곳에 온 모든 용족이 동서를 가리지 않고 자네가 빌려준 목숨을 이 전쟁터에 쏟아부을 것이네!"

"최대한 곱게 쓰고 돌려 드리지요!"

"물론이지! 신화를 써보세!"

"우리 측에 신은 없습니다만?"

"하하하!"

둘은 굳게 악수를 나눈 뒤 서로의 어깨를 북처럼 두드려

주었다.

카이리와 올파드가 각자의 장소로 돌아가는 한편, 리오는 피엘에게 엄지를 치켜들었다. 리오뿐만 아니라 지크와 키르히, 아레스 모두 그녀에게 엄지를 보였다.

피엘 역시 엄지를 들어 화답한 뒤 머리카락을 세우고 붉은색의 안광을 뿜으며 천기병장으로서의 모습이 되었다.

[우리 세계의 군단이여, 최종 지휘는 주신계의 피엘 플레포스 비서관이 맡겠습니다! 상륙 절차를 마친 모든 함선은 즉시 후방으로 물러나 포격대형을 구축하십시오! 지상군의 머리 위에 함선이 있어서는 절대 안 됩니다!]

날개를 펼치며 하늘로 떠오른 피엘이 대규모 정신감응을 이용하여 아군 전원에게 뜻을 전달했다.

이윽고 양측의 진형이 초고속으로 완성되었다.

실제 숫자로는 하이볼크의 신계 측이 밀렸으나 겉보기에는 본체의 모습으로 돌아간 용족들의 압도적인 덩치 때문에 거의 비슷해 보였다.

먼저 전진한 것은 아스가르드 쪽이었고 하이볼크 측도 곧바로 맞서 움직였다.

양측의 진형이 몇 달 만에 만난 가족들처럼 서로에게 급속히 접근했다.

선두에서 걷고 있던 리오조차도 결국엔 달려야 할 정도

였다.

좋은 상황은 아니었다. 약속되어 있던 진형이 조금씩 깨지고 있었다.

용족들은 굉장히 흥분하고 있었다.

이야기로만 들어왔던 비그리드에서 신화 속의 존재들처럼 싸우게 될 것이라는 생각이 모든 용족의 전투 본능을 부추긴 것이다.

급기야 피엘도 흥분한 용족들에게 자신의 지휘가 먹히지 않는다는 사실을 깨닫고 당황해 버렸다.

천사와 악마들도 흥분한 것은 마찬가지였다. 몇몇 신은 프라이오스가 자신들에게 내어준 닷새의 마지막 날이 오늘이라는 사실에 쫓겨 이따금씩 병적인 고함까지 질러댔다.

그나마 이성을 유지하고 있는 존재는 이야기 속에서 돌아온 아스가르드의 전사들뿐이었다.

엉망이 될 뻔한 전쟁터를 정리해 버린 것은 양측의 한가운데에 거인의 발길질처럼 굵게 떨어진 황금색의 낙뢰였다.

그 충격력에 모든 이의 광적인 행진이 멈췄다. 당장에라도 서로를 씹고 찌를 듯했던 양측 군대의 광기도 단숨에 압도되었다.

번개를 가르며 나타난 것은 아스가르드에서 손꼽히는 전

사이자 천둥번개의 신인 토르였다.

리오는 그냥 전설이라서 그 실력이 의심되었던 토르가 자신의 데이브레이크 레바테인을 완력으로 때려 부수는 것을 보고 그를 인정하지 않을 수 없었다.

'그저 그런 남성호르몬의 신이 아니라 역시 토르였군. 아마 토르 혼자서 이쪽 군대를 오전 내로 박살 낼 수 있을 거야.'

현재 그를 최고의 위험 요소로 판단한 리오는 발걸음을 재촉하여 토르의 앞에 섰다.

"등장 참 화려하시군요. 좋은 서커스단에 소개시켜 드릴 수 있습니다만?"

"하하, 하하하하!"

리오의 도발적인 발언에 토르가 껄껄 웃었다. 비그리드를 쩌렁쩌렁 울리는 그 웃음소리에 모든 용족의 다리가 후들거렸다.

"난 토르다. 대충 알겠지? 분하지만 불멸의 갑옷, 굴팍시를 이용하여 브리간트를 죽인 그 꾀는 인정하마. 너는 틀림없이 리오 스나이퍼라는 놈일 거야. 빨간 머리라고 들었는데 털색이 바뀌었군? 혹시 변색하는 도마뱀들처럼 겁에 질린 건가?"

"아, 하이엘바인 님의 아버님을 뵈어 정말 기쁘군요. 댁의 따님이 지금껏 먹어치운 음식 값을 좀 받아야겠습니다. 영수증을 받으시려면 좀 큰 주머니가 필요하실 테니 잠시 집에 다녀오시죠?"

"오, 네놈 때문에 내 딸이 그렇게 여위었던 것이군. 그 대가를 먼저 치러야겠다, 리오 스나이퍼여. 아프지 않게 뼈를 추려주지."

"원하신다면."

리오는 검을 빼 들면서 주변 상황을 파악했다.

"그런데, 이야기에서 돌아오신 분은 당신뿐입니까? 아스가르드에서도 싸움으로 유명한 신은 꽤 많았을 텐데 말이지요?"

"아, 그거?"

토르가 자신의 묠니르를 하늘로 치켜들었다. 그림자가 길어지는 오후 시간이었다면 리오는 묠니르와 토르의 그림자에 뒤덮였을 것이다.

"불러낸다고 해서 튀어나오는 것은 아니지. 이야기 속에 잠들고 싶어 하는 자들도 있거든. 헤임달이 그랬지. 그가 있었다면 우리가 훨씬 더 유리했겠지만 그는 우리의 뜻에 동의하지 않았네."

그리고는 그가 속삭이듯 작게 말을 덧붙였다.

"물론 난 아버지의 입장에서 여기에 왔을 뿐이야."

토르가 유쾌한 표정으로 윙크를 했다.

"다행이군요."

검은색 화염에 휩싸인 리오의 디바이너가 토르의 큰 몸집을 먹어치울 기세로 움직였다. 전류에 휩싸인 토르의 묠니르도 그에 맞서 천둥소리를 냈다.

규모의 차이만 보자면 묠니르의 압승이었다. 망치의 머리만 해도 대형 마구간을 연상케 할 만큼 거대했으며 표면을 감싼 황금색 전류 때문에 망치의 몸집이 한층 더 커 보이기도 했다.

하지만 중량급이나 초중량급 사냥꾼의 주먹에 비하면 상대적으로 빈약했기에 리오는 한 치의 망설임도 없이 묠니르에 맞설 수 있었다.

두 무기의 충돌과 동시에 비그리드가 둘로 쪼개졌다.

하늘의 좌우로 검은색의 화염과 황금색의 번개가 절벽에 부딪혀 깨진 파도처럼 산산이 튀어나갔다.

"하하! 이거 땅이 못 견디는데?"

토르가 발을 구르자 갈라졌던 땅이 억지로 맞물렸다.

"빠르기로 날 제압할 생각이 전혀 없나 보군, 하이볼크의 전사여!"

"그러면 싱겁지 않습니까? 예전에 돌아가실 때는 독 때문에 정신이 없으셨다고요? 그러니 이번에는 아스가르드의 전사로서 여한이 없도록 부숴 드리지요!"

"이거 빚을 지는 느낌이군! 하하하!"

둘의 무기가 연거푸 정면으로 충돌했다.

그들의 충돌 때문에 양측 군대는 잔뜩 움츠러들어 있었었다. 그들을 일깨운 것은 토르의 고함이었다.

망치의 손잡이를 두 손으로 들고 위로 치켜든 토르는 비그리드 전역에 천둥소리를 일으켰다.

"전사들이여, 적의 피와 살을 즐겨라! 죽고 죽이기 위해 만들어진 이 땅에서 생각 따윈 하지 마라! 이 토르가 오딘님의 이름으로 그 온갖 폭력을 허락하노라!"

그것은 단순한 외침도, 자연적인 천둥소리도 아니었다.

전장에 있는 모든 존재를 광전사로 만들어 버리는 아스가르드의 마법이었다.

그리고 토르의 말대로 비그리드는 그 마법이 최대의 효과를 발휘할 수 있도록 만들어진 땅이었다.

용족은 물론 천사와 악마, 그리고 아스가르드의 전사들까지 광기에 휩싸인 채 충돌했다. 적군과 아군만 파악할 수 있을 뿐, 그들 모두가 오로지 싸움만을 갈망하며 서로를 물고 찔렀다.

그에 영향을 받지 않는 존재는 소수였다.

그 소수 중에 한 명인 리오는 토르와 싸우는 한편 마법에 대한 경험이 없는 키르히를 걱정했는데, 그가 의외로 멀쩡하게 적들을 불태우고 있는 것을 보고 안심할 수 있었다.

"의식을 병렬로 배치할 수 있군! 그 퀸 클래스라는 놈들과 동일한 능력인가?"

"그렇지요. 토르 님의 등짝을 보면서 싸울 수 있으니 아주 편합니다!"

토르와 디바이너가 다시금 격렬하게 충돌했다. 미쳐 싸우는 모든 이가 그 격돌만큼은 본능적으로 피했다.

리오는 하이엘바인과 직접적인 인연이 있는 토르가 비그리드에서 나타날 것이라는 예상을 하고 있었다.

미카엘까지 다시 나타난 상황에서 토르가 나오지 못할 이유는 없었다. 그리고 리오는 토르가 있다면 반드시 데이브레이크 레바테인을 요격할 것이라 판단했다.

그 도박은 들어맞았고 리오는 그 전설 속의 존재인 토르와 맞설 수 있었다.

그리고 실제로 경험한 토르는 끈적끈적한 존재였다.

리오가 퀸 클래스의 능력을 사용한다는 정보를 들어서인지, 아니면 원래 그러한 스타일인지 리오 자신은 알 수 없었지만 토르는 지겨울 만큼 좁은 간격을 두고 리오를 공격했다.

기본적인 힘만 따지자면 네오 올림포스에서 만난 아테나

를 능가했다. 발길질 한 번에 비그리드 평원의 균열을 붙이고 분자 결합까지 맞춘 그 힘은 단순 물리력이라고는 생각할 수 없는 괴력이었다.

'이 난장판을 정리하기 위해서라도 이 아저씨를 처리해야 할 것 같은데, 어쩌지?'

리오는 궁니르가 빌려주었던 절대적중의 능력이 얼마나 편리한 것인지 지금 뼈저리게 깨닫고 있었다.

리오보다 1.5배는 커 보이는 덩치의 토르가 리오의 각종 변칙 기술을 빠르고 유연하게 피했다. 그것은 순발력이 아니라 영리함이었다.

아스가르드의 전성기 시절, 토르가 온갖 모험을 하며 용맹을 떨쳤다는 전설을 오딘에게 들었던 리오는 그가 대체 어떤 괴물들과 싸우며 강해졌는지 술과 고기를 곁들여 듣고 싶었다.

'역시 외모로만 판단해선 안 되겠군.'

맞서 싸우는 것만으로 신 나는 존재는 드물었다. 그리고 토르는 그러한 적수였다.

"하이엘바인 님은 정말 좋은 부친 밑에서 자라셨군요."

"아부해도 내 딸을 줄 생각은 없어!"

"저도 데려갈 생각은 없습니다. 하지만 만족하십니까?"

둘이 다시 힘과 힘으로 붙었다.

"하이엘바인 님이 정말 자신의 의지로 이곳에 계신다고 생각하십니까?"

"자네, 여기에 뭔가 알고 온 게 아니었나?"

토르가 팔에 힘을 가하자 리오의 발이 땅에서 밀려났다.

단순 마찰력이 아니라 아스가르드의 중력에 몸을 박아 넣고 있는 리오가 뒤로 밀려난다는 것은 행성의 자전을 막아내고도 남는 물리력을 받고 있다는 뜻이었다.

"저 아이도 편하게 해줘야 한다네. 하지만 아버지의 입장에서 미련을 남기게 하고 싶진 않았지!"

"……."

"여기 있는 자 대부분이 그렇다네! 과거의 라그나로크는 하나의 극본이었어! 그런 광대놀음에 만족하지 못한 자들이 이곳에 있는 것일세!"

"그런 미련도 이겨낼 수 있어야 내일이 있는 겁니다!"

"하하, 그야말로 인간의 입장이군!"

토르가 리오를 계속 밀어내며 활짝 웃었다. 그의 힘에 의해 중력축이 뒤틀리면서 위그드라실 전체가 울음소리를 냈다.

"짧은 수명을 가진 생물들은 그렇게 극복하거나 망각하지 않으면 자네 말대로 미래를 얻을 수 없지! 인간은 그런 면에서 신보다 월등해! 극복과 망각, 둘 중 하나를 마음대로 택할 수 있거든!"

"당신이라면 따님에게 그러한 선택권을 주실 수도 있었을 겁니다!"

"부모가 해줄 수 있는 건 한계가 있다네. 저 아이가 직접 선택하지 않으면 안 돼!"

"변명이라고 하신 겁니까?"

"훙, 화가 나나?"

토르는 묠니르를 든 두 손 중에 왼손을 풀고 앞으로 뻗어 리오의 머리를 붙잡았다.

"그렇다면 나를 죽여보게!"

"큭!"

리오도 왼손을 풀고는 아래로 내린 그 손을 거머쥐었다. 그의 손아귀에서 검은색 화염이 한 줄기 내려와 오른손에 든 것과 동일한 형태의 디바이너로 탈바꿈되었다.

토르는 그가 두 개의 검을 동시에 사용할 것이라 생각했다. 그러나 리오의 그 행동은 검을 만들기 위한 과정에 지나지 않았다.

왼손에 들린 디바이너가 주인의 손을 떠나 토르의 뒤로 돌아갔다.

리오는 묠니르의 자루를 왼손으로 쥐었다. 주인이 아닌 자와 접촉한 묠니르는 황금색의 전류를 뿜으며 저항했고 리오는 재생 능력을 높이는 것으로 그에 맞섰다.

"쓸데없는!"

토르가 힘을 강화하는 순간 리오는 자신의 주변에 걸리는 중력을 높여 대응했다. 리오와 토르 주변에 깔린 시체들이 갑작스런 이상 중력에 압착되거나 땅속에 파고들어 갔다.

주인에게서 떠난 디바이너는 토르의 등을 향해 돌진하는가 싶더니 검은색 화염을 머금은 푸른색 빛을 발했다.

지하드였다.

오딘이 리오에게 가르쳐 준 그 공격 기술은 탄핵의 판결과 더해져서 토르의 넓고 두꺼운 등을 단숨에 파헤쳤다.

토르의 두 팔까지 자르는 것으로 일을 확실히 한 그 디바이너는 다시 리오의 손에 붙들렸다.

팔을 잃은 토르를 향해 리오의 두 검이 다시금 지하드의 빛을 뿜었다.

과거와 달리 지하드의 발동 및 전개는 찰나에 가까웠다. 그런데도 타격 능력은 절차가 요란했던 과거를 능가했다.

토르이 몸이 완전히 분해되면서 묠니르도 땅에 떨어졌다.

광전사가 된 적들을 한없이 쓰러뜨리던 리오의 동료들이 토르의 소멸을 보고 승리감의 일부를 맛봤다.

그러나 땅에 떨어진 묠니르를 향해 하늘에서 벼락이 떨어졌다.

그 황금색 벼락과 함께 나타난 것은 멀쩡한 모습의 토르였다.

"자, 봤나? 저 아이가 포기하지 않으면 나도 죽지 못한다네!"

힘이 빠진 리오의 눈에서 붉은색의 빛이 가셨다.

"이야기가 끝나지 않는 한 전사는 불멸! 귀에 못이 박히도록 들었을 텐데? 하하하하!"

토르의 호쾌한 웃음소리는 잠깐 승리감을 맛봤던 모든 이를 절망감으로 밀어 넘어뜨렸다.

"이런……!"

리오는 체력 소모조차 없이 다시 나타난 토르를 보며 실망감에 눈살을 찌푸렸다.

"이젠 신으로서의 긍지조차 버린 겁니까?"

"긍지?"

토르가 묠니르를 주워들었다.

"그딴 말을 지껄이는 꼴을 보니 자네는 자격이 없는 것 같군. 오딘 님께서 자네에게 얼마나 큰 기대를 하셨는지 모르나?"

"아, 예. 제가 좀 오해한 것 같습니다."

리오는 두 자루의 디바이너를 다시 고쳐 쥐며 살기를 뿌렸다.

“이와 비슷한 경험을 몇 번 해봤지요. 하이볼크 신계의 신들도 과거에 제가 가진 힘으로는 죽어주지 않았습니다. 그 신이 스스로의 존재를 포기할 때까지 두드리는 수밖에 없었죠. 그때의 그 쓰레기 같은 기분이군요.”

“그럼 치워보게. 이 토르라는 쓰레기를 말이야.”

황금색 번개를 일으키며 리오에게 달려가던 토르가 갑자기 하늘로 치솟았다.

턱이 좌우로 쪼개진 채 떠오른 토르의 가슴에 디바이너가 박혔다. 그를 하늘에서 낚아챈 리오는 오른손에 든 디바이너로 토르의 머리를 완전히 쪼갠 뒤 가슴에 박힌 검을 뽑고 두 자루의 검을 동시에 움직여 상대를 분쇄했다.

땅에 착지한 리오의 눈앞에서 토르가 다시 돌진해 왔다.

리오는 그와 다시 맞서며 지크에게 정신감응을 보냈다.

[이대로 밀고 나가야겠어! 따라올 수 있겠나?]

[무슨 수를 써서라도 따라가 주지.]

지크는 방금 죽인 어떤 천사의 날개를 바닥에 내다 버리며 앞을 봤다.

방금 날개를 다 잘리고 쓰러진 존재, 메타트론 대신 새로운 메타트론이 다시 나타나 그 성스러운 빛을 세상에 뿌리고 있었다.

[어이, 리오. 난 여기가 이렇게 지저분한 싸움터가 될 줄은 몰랐어. 그럴싸한 멋이 있을 줄 알았는데 그럴싸하게 되살아날 뿐이네.]

[아, 그래. 세상에서 가장 큰 재활용쓰레기장이야.]

그 지겨운 싸움의 양상이 바뀐 것은 리오와 지크가 키르히와 아레스의 존재에 대해 잊을 정도로 피곤해할 무렵이었다.

*　　*　　*

터벅터벅 걸어가던 지크가 갑자기 말을 터뜨렸다.

"우리가 용족을 왜 끌어들였을까? 총인원의 3할 가까이가 죽었다고."

지크의 발밑으로 하얀색의 액체와 붉은색의 액체가 후드득 떨어졌다.

"7할을 살렸다고 봐야 하는 게 낫지 않을까? 다들 미쳐 돌아가는 난장판이었잖아. 아무튼 잡스러운 놈들은 싹 죽었고 위그드라실의 기운도 많이 빠졌어."

리오의 발밑에도 비슷한 액체들이 무진장 떨어졌다.

"이 빌어먹을 나무의 힘으로 생산되는 놈들일 줄은 꿈에도 몰랐지."

투덜대는 지크의 목소리는 피로에 잔뜩 절어 있었다.

"그래, 조금만 더 두드리면 이 세계는 하이볼크 신계에 더 이상 간섭하지 못할 거야."

"지금 날려 버리면 안 될까?"

"우리 위대하신 오딘 님의 힘 때문에 어떻게 할 수가 없어."

"F.O.R인가를 쓰면 어때? 뭔가 문제 있는 거야? 아까 보니까 토르 아저씨가 널 눕혀놓고 망치로 패는데도 떡처럼 조용하게 맞고 있더라고?"

"그 기술의 정보를 새겨서 남긴 장본인이 오딘이야. 뭔가 좀 구린 구석이 있으니 자제하라고 루이체가 말하더군."

리오가 대답한 다음 순간이었다.

"구리다는 말은 안 했어! 잘못됐다고 했지!"

그의 입에서 튀어나온 것은 루이체의 목소리였다.

그 광경을 확실히 보고 들어버린 지크는 동작을 멈추고 리오를 바라봤다.

"나 지금 굉장히 웃고 싶은데 그러면 실례일 것 같아서 참고 있어. 잘하는 거지?"

리오가 왼손으로 얼굴을 감쌌다.

"오, 제길. 루이체, 그게 그거잖아? 아무튼 이상하다고 해서 안 쓰는 중이야."

"그렇군."

대화 도중에 리오가 다리를 멈추고 한숨을 길게 쉬었다.

"내가 하이볼크를 만날 때까지 용병으로서 자랐다는 얘기는 들었지?"

"그렇지. 갑자기 왜?"

"난 당시에 다른 용병들이 죽은 자들의 귀와 코를 왜 잘라서 모아대는지 이해할 수 없었어. 어차피 버릴 건데 말이야. 설마 우리와 같은 생각을 하고 저지른 짓은 아니겠지?"

리오와 지크의 허리춤에는 '이야기'에 속한 존재들의 살아 있는 머리들이 주렁주렁 걸려 있었다. 그들의 재생을 막고 있는 것은 카이리가 준 특수 재질의 채찍과 리오가 붙여놓은 검은색의 불꽃이었다.

"혹시 좀비랑 싸우던 용병 집단이었어? 설마 피가 흐르는 흉터를 뒷목에 가진 친구는 없었겠지? 엄청나게 큰 검에……."

"글쎄?"

지크가 무슨 말을 하는지 전혀 모르는 리오는 허리에 두르고 있는 머리통 중에 토르의 것을 손바닥으로 툭 쳤다.

"아무튼 영화에서 나오던 놈들보다는 이쪽이 더 무서웠어. 개인적으로 말이지."

리오가 농담을 했다. 지크는 머리들이 매달린 채찍을 손으로 흔들어봤다.

“그래도 이렇게 하나씩 꿰다 보니 속이 시원해지던데?”

“일이 너무 잘 풀리면 행여 똥을 밟아도 기분이 덜 나쁘잖아.”

“그런가?”

둘이 다시 앞으로 걸어갔다.

“그러고 보니 키르히와 아레스는 어떻게 됐을까?”

지크가 묻자 그제야 둘을 떠올린 리오는 의식을 분리시켜 그들을 찾아봤다.

“비서관과 함께 있군. 기습에 대비하는 것 같은데?”

“그 능력 참 편해 보이네.”

“난 그 갑옷이 더 부럽군.”

리오가 눈짓으로 지크의 갑옷을 가리켰다.

“땅에 얼굴을 문지르면서 메타트론에게 두드려 맞는 꼴을 본 거 같은데 흠집 하나 없잖아?”

“아, 생각해 보니 이 갑옷도 오딘 할아범이 만들어준 거잖아? 나 저기 가면 큰일 나는 건가?”

“안에 속옷은 입고 있는 거지?”

“옷을 벗진 않았어. 세탁도 거의 일주일을 못했지만.”

“우리 일이 청결함을 요구하진 않지.”

"뭐, 괜찮아. 혹시 노출이 되더라도 나의 남성적인 모습에 다들 감탄할 테니까."

"……."

"농담이야. 알잖아?"

"정말 재미있군."

냉소를 터뜨린 리오였지만 그는 얼마 못 가 진짜 웃음을 터뜨렸다.

"결국 내 옆에 있는 건 너로군."

"아, 정말 썩을 인연이지."

지크도 웃었다.

"이 일이 끝나면 우리도 얼굴 볼 일 없겠지?"

지크의 질문에 리오는 고개를 오른쪽으로 기울였다.

"우리의 이야기도 일단 끝내야 하지 않을까? 안 그러면 우리도 이 괴물들처럼 되어버릴 거야. 그냥 오래 살기만 한 괴물 말이야."

리오가 대답했다.

지크는 아직도 꿈틀거리는 메타트론의 머리를 무시하며 저 멀리 보이는 오딘과 시선을 맞췄다.

"몸에서 날붙이를 떼고 잠을 잔 게 언제더라? 기억도 안 나네."

"다 끝나면 신 나게 자는 거야. 눈을 뜨고 일어났는데 네 어머니가 보이면 정말 최고겠지."

"하, 상상이 안 가. 엄마 얼굴을 잊진 않았는데 머릿속에서 그런 행복한 그림이 안 그려져. 정말 네 말대로 됐으면 좋겠는데 말이야."

"영원히 잠만 자는 것도 괜찮을 거야. 우린 우리 할 일을 했다고. 지금 우리가 허리에 매달고 있는 게 그 증거지."

"응."

비그리드 평원의 저편에 노을이 졌다.

오딘과 하이엘바인, 제홉과 미카엘, 아롤과 디아블로가 기다리는 자리까지는 이제 서른 걸음도 남지 않았다.

리오는 피엘에게 정신감응을 보냈다.

[다 왔어, 비서관.]

[이제 마지막인가요?]

[그렇지. 아, 하나 더 얘기할 게 있어.]

[말씀하세요.]

[난 아무래도 당신과는 친구로밖에 못 지낼 것 같아.]

피엘의 웃음소리가 정신감응을 통해 리오의 머릿속으로 들어왔다.

[저는 사귀자는 말 안 했어요. 당신이 키스 한 번에 오해할 남자일 줄은 몰랐네요?]

[이런, 속았군.]

[후후, 당신은 정말 최고의 친구예요. 저에게 항상 진심이었던 친구는 당신뿐이었죠. 영광이었습니다, 리오 님. 그리고… 미안했어요.]

[덕분에 좋은 여행을 했어. 예전에는 정말 화가 나서 눈도 못 감을 것 같았는데 지금은 행복하게 눈을 감을 수 있을 것 같군.]

[그런 말을 하고 멀쩡히 돌아온 사람은 본 적이 없어요.]

[멀쩡히 돌아갈 생각도 없어. 지크가 옛 친구들을 보고 싶어 하는 것 같군. 이제 부탁해.]

[알겠습니다. 이기세요, 리오 스나이퍼 님.]

[그러지.]

리오와 지크의 옆으로 또 다른 다섯 명의 모습이 스르륵 나타났다.

리오는 어느새 앞서 걷고 있는 남자, 휀 라디언트의 모습에 슬쩍 웃었다.

'어느 휀이든 저 꼴은 똑같군.'

그와 지크의 어깨를 동시에 짚으며 또 추월하는 자가 있었다.

그 회색의 근육질 거인은 얼굴을 보여주지 않았지만 지크는 그의 바위 같은 등판을 손으로 치며 반가워했다.

장난을 친 지크의 엉덩이와 머리를 또 다른 두 남자가 각각 두드렸다.

“갑옷 멋진데? 아저씨 냄새까지 구수하게 풍기고 있잖아?”

갑자기 들려온 목소리에 지크는 방향을 뒤로 하고는 뒷걸음질로 계속 걸으며 옛 친구들을 맞이했다.

“사바신? 말을 할 수 있는 거야?”

“난 그때 덜 다쳤거든.”

검은색 코트를 입은 뻗침 머리의 남자가 밝게 웃었다. 그의 옆에서 걷고 있는 녹색 머리의 청년은 말만 하지 않을 뿐, 마찬가지로 반갑게 미소를 지었다.

그리고 리오와 지크, 모두가 같은 타이밍에 같은 곳을 봤다.

붉은색의 장창을 든 파란 장발의 남자가 왼손을 옆으로 늘어뜨리며 반가움을 표시했다.

그 남자, 슈리메이어 반 스나이퍼는 지크와 주먹을 맞부딪힌 뒤 리오와는 잠깐 어깨동무를 했다.

“멀쩡한 사람이 너 한 명이었군.”

지크가 아쉬워했다.

“정확하게 말하자면 목이 멀쩡하게 남은 게 나뿐이었지.”

사바신이 짧게 설명했다. 지크는 더 이상 말을 할 수가 없었다.

이윽고, 오딘 앞에 도착한 리오는 지크와 함께 자신들이 수거한 머리통들을 오딘의 발 앞에 집어 던졌다.

“실망입니다, 스승님. 모두 영웅이었는데 이렇게 취급하실 줄은 몰랐습니다.”

“실망한 것은 나도 마찬가지란다, 제자야.”

오딘이 의자에서 일어났다. 그를 수호하는 네 마리의 짐승은 자리를 지킨 채 가만히 있었다.

“해가 떨어지고 있지 않느냐? 너라면 그전에 이곳에 도달할 수 있을 줄 알았는데 말이지.”

“그놈의 F.O.R이 이상하지만 않았으면 스승님의 말씀대로 됐겠지요.”

“아, 그것 말이냐?”

오딘은 옆에 서 있는 하이엘바인을 가리켰다.

“그건 사실 이 아이를 위한 기록이었단다. 하얀 우주의 의지가 가르쳐 준 계산식이자 하이엘바인의 진정한 모습인 라그나바인을 다시 일깨우기 위한 장치였지. 네가 그걸 해석할 줄은 몰랐어.”

“그 힘이 저 녹색의 빛입니까?”

“그렇단다. 온몸에 F.O.R을 바르고 있는 것이나 다름없지. 너와 달리 갑옷의 형태로 유지할 수도 있어.”

"여태까지 안 쓰길 잘했군요."

리오가 쓴웃음을 짓자 오딘이 싱글싱글 웃으며 고개를 흔들었다.

"써도 차이는 없었을 것이야."

오딘의 두 눈에서 각기 다른 색의 빛이 발산되자 리오와 지크가 여태껏 수거했던 머리의 주인들이 다시 제 모습을 되찾았다.

죽은 오딘의 군대는 물론 함께 뒤섞여 싸우다 죽은 용족들마저도 되살아났다.

더불어 노을을 만들고 있던 태양도 다시 하늘 한가운데에 올라갔다.

"여기는 나의 세계다, 제자야. 태양은 조명에 불과하지."

오딘의 군대가 일제히 뒤로 돌아섰다.

리오 일행은 그렇게 포위되어 버리고 말았다.

리오를 무시하고 인원을 확인하던 오딘은 브리간트의 모습이 보이지 않자 가볍게 눈썹 사이를 구겼다.

"우리 아스가르드의 귀여운 막내여. 브리간트를 부르지 않은 것 같구나."

생기 없이 빛나던 하이엘바인의 눈이 오딘 쪽으로 움직였다.

"그녀는 부름에 응하지 않았습니다."

"뭐라고?"

"자신의 역할은 끝났다고 하는군요."

"흠, 마음이 약해졌나 보군. 역시 그릇이 안 됐나?"

오딘은 자신의 굵직한 혁대 좌우에 손을 걸치며 한탄했다.

"할 수 없지. 대신할 자를 부르는 수밖에."

오딘이 오른손을 들자 하늘로부터 굉음이 들렸다.

발할라로부터 비그리드까지 수직으로 떨어진 그 거대한 생명체는 용족들의 함선 바로 위에서 날개를 펴며 자세를 안정시켰다.

"할 일은 알고 있겠지? 니드호그여."

용족들의 함선 대부분을 그림자로 가려 버릴 만큼 거대한 아스가르드의 드래곤, 니드호그는 목을 움직여 붉은색을 발하는 여덟 개의 눈으로 오딘이 있는 곳을 봤다.

[이 니드호그의 반려자, 브리간트는 어디에 있습니까?]

"자신의 자손들에게 만족해 버린 것 같더구나. 할 수 없지. 이 자리에 있는 모든 용족의 관리를 네가 맡아야겠다. 모든 용족의 아버지가 되어라."

오딘은 재촉하듯 손을 털었다.

[뜻대로 하겠나이다. 위대하신 주신이여.]

니드호그의 머리가 다시 용족들에게로 향했다. 서룡족과

동룡족 모두는 브리간트의 무섭고도 아늑한 분위기와 전혀 다른 니그호그의 강압적인 형태에 작은 잡식성 동물들처럼 질려 있었다.

[하이볼크가 너희의 어머니 역할을 대신하고 있군. 너희는 본래 아스가르드의 군대로서 창조된 존재이다. 나와 브리간트가 몇 번이고 너희의 품종을 개량했지. 그러나 본분을 잊고 창조주에게 대들다니, 그 어리석음이 나를 슬프게 하는구나.]

니그호그의 눈들이 사납게 빛나자 그의 검은색 몸뚱이가 더욱 검게 변했다.

[이제부터 내가 너희의 아버지다. 나의 뜻을 따라 파프니르로서의 삶을 살아라, 자손들이여.]

그의 선언에 저항하듯, 드래고니스의 앞부분에서 검은색의 숨결공격이 날아가 니드호그의 머리에 꽂혔다.

니드호그는 아무런 피해도 받지 않았으나 갑옷처럼 팽팽하던 그 머리에는 분노에 의한 주름이 흉측하게 일어났다.

[브리간트가 만든 잡종이로군. 감히 창조주와 아버지의 말을 거역하겠다는 것이냐?]

니그호그에게 숨결을 날렸던 서룡족, 카이리 블랙테일은 드래곤의 모습으로 변하여 날아올라 니드호그와 마주 볼 수 있는 장소에 위치를 잡았다.

"당신을 오늘 처음 뵙습니다만 대단한 분이라는 사실은 알 것 같습니다. 하지만 참으로 미래가 없는 말씀을 하시는군요. 이제 와서 우리 모두를 파프니르로 바꿔봤자 무슨 소용이 있다는 것입니까?"

[너와 내가 말을 나눌 이유는 없다. 창조주의 명에 따라라, 잡종이여.]

"그냥 이대로 저와 모든 동포를 파프니르로 바꾸십시오. 어째서 저희에게 의사를 물으시는 겁니까?"

[최소한의 애정이다.]

그의 대답에 카이리의 입꼬리가 꿈틀거렸다.

그녀는 상대를 비웃고 있었다.

"아버지라고? 내 아버지는 한 분뿐이다! 협박에 굴하여 블랙테일 가문의 역사와 혈통, 그리고 서룡족에 대한 마음을 부정할 생각은 없다!"

[그렇다면 강제로 집행해 주마.]

니드호그의 몸 전체가 은색으로 빛났다. 카이리는 상대의 표면에서 느껴지는 막대한 힘을 웃으며 지켜봤고 지상의 용족들은 니드호그를 격추하기 위해 숨결을 쏘고 법술을 사용했다.

니드호그에 대한 존재를 몰랐던 피엘도 급히 창을 포격 형태로 바꿔 니드호그를 노렸다.

그러나 그들의 공격은 모두 빗나가고 말았다.

목표물이었던 니그호그는 오딘의 머리를 지나 저 멀리 날아가고 있었다.

머리가 깨지고 목이 부러진 채, 거꾸로.

니드호그에게서 흘러나오는 것으로 보였던 은색의 빛은 지상에 떨어지고 있었다.

그 빛의 본래 주인은 왼손으로 니드호그를 붙든 뒤 오른손으로는 니드호그를 노렸던 모든 공격을 흡수하여 자신의 것으로 삼았다.

리오가 그 모습을 보고 활짝 웃었다.

"오지 않을 줄 알았는데 말이지."

니드호그를 권능으로 붙잡은 여신, 아테나는 갑옷 곳곳에서 은색의 빛을 흘리며 비그리드에 내려왔다.

"이제부터 이 아테나가 이곳을 정리하겠습니다."

이어서 아테나의 눈에서 연기와도 같은 은색의 빛이 풍부하게 피어올랐다.

잡초만이 가까스로 녹음을 유지하던 비그리드의 마른 평원에 푸른색과 하얀색의 꽃들이 만발했다.

비그리드 전체로 퍼지는 아테나의 힘이 아스가르드의 광기에 휩싸여 탈진해 버린 모든 용족에게 활기를 불어넣었다.

"싸우십시오, 나의 주인이시여! 군신의 축복과 함께 제가 뒤를 맡겠습니다!"

그녀의 당당한 모습과 군신의 축복으로 인해 활기를 되찾은 리오는 지크와 마주 보며 고개를 끄덕거렸다.

그들은 아테나가 뿌린 힘이 옆에 있는 동료들에게도 흘러들어 가는 모습을 미처 확인하지 못했다.

"올림포스의 군신이 저 정도의 거물이었단 말인가?"

리오와 지크가 움찔하여 휀을 봤다.

이전과 달리 눈빛이 생생해진 휀이 자신의 목을 만지며 조금 불편한 표정을 지었다.

"내가 알 바 아니겠지. 담배가 있는 자는 지금 당장 나에게 바쳐라."

"어이, 대장! 목소리가……!"

지크가 말을 마치기도 전에 담배 한 개비가 휀을 향해 날아왔다.

그 담배를 받아 즉시 입에 문 휀은 불을 붙인 뒤 자신에게 담배를 던진 자를 봤다.

그자 역시 휀 라디언트였다.

휀은, 방금 담배를 입에 문 오리지널은 자신을 향해 살의를 드러내고 있는 그 3세대 휀을 지그시 바라봤다.

"불쾌하게도 담배의 취향까지 같군. 나에게 볼일이 있나?"

"기다리면 나타날 것이라는 말씀을 오딘 님께 들었다. 역시 나타났군, 오리지널. 원탁에 가입한 보람이 있어."

3세대 휀의 코트와 얼굴 전체에 안전주문 해제를 알리는 빛의 문신이 드러났다.

"이 자리에서 널 쓰러뜨리고 내가 유일한 존재가 될 것이다."

오리지널 휀은 담배 연기를 깊게 빨아들였다.

"이해한다, 3세대. 나도 네 어리석은 모습을 세상에서 몹시 지워 버리고 싶으니까."

담배를 놓은 오리지널과 플렉시온을 뽑은 3세대가 동시에 빛줄기로 변하여 난잡하게 충돌했다.

"크윽, 우리는 저들을 처리하면 되는 것인가?"

휀과 마찬가지로 말을 할 수 없는 처지였던 사내, 바이론이 자신의 큼지막한 도검 다크 팔시온을 들며 근육을 긴장시켰다.

리오가 씩 웃었다.

"하나씩 골라잡으라고. 대신 내 스승님에게 볼일 있는 사람은 뒤에 줄을 서도록 해."

"듣던 대로 지저분한 성격이로군. 까만 머리의 리오 스나이퍼."

바이론이 웃었다. 리오도 그에 맞서 웃었다.

"그 물러 터진 놈보다는 네놈이 지금 상황에 더 알맞겠지. 마음에 드는군. 크크큭……."

"바이론은 어딜 가나 똑같군."

한편, 혹시나 또 다른 지크가 오지 않았을까 걱정하던 지크는 그의 느낌이 느껴지지 않자 자신있게 무명도를 뽑으며 디아블로 앞으로 걸어갔다.

각오를 다지는 그를 슈렌이 불렀다.

"반갑다는 말을 못해서 아쉬웠어, 지크."

"슈렌."

지크가 쓰고 있던 투구의 앞부분이 열리며 얼굴이 드러났다.

슈렌은, 그 푸른 장발의 남자는 어두운 거실을 밝히는 촛불처럼 부드럽게 웃고 있었다.

"고생을 많이 한 것 같군."

"아저씨가 됐다는 소리도 들었어."

"괜찮아. 넌 여전히 너야. 그리고 이건 비밀이었는데……."

슈렌이 감은 듯 만 듯한 눈을 뜨며 말했다.

"넌 사실 우리 모두의 자존심이야."

예전에 오리지널 리오로부터 들었던 그 말을 다시 듣게 된 지크는 가슴이 벅차 그 자리에 서 있기가 힘들었다.

"당연한 거 아니겠어?"

어깨가 한결 가벼워진 지크는 다시 투구의 앞부분을 닫고 디아블로를 향해 걸어갔다.

"여어, 아저씨. 그때는 나한테 일부러 져주느라 고생했지? 이번엔 사서 고생할 필요가 없을 거야. 내가 많이 도와줄 테니까."

디아블로가 가진 세 개의 눈이 화염을 터뜨리며 일제히 빛났다.

"네놈들이 얼마나 깊은 의미를 남길 수 있는지를 이 디아블로가 직접 심사해 주마."

"또 모를 소리를 하는군. 여긴 사람이 많으니까 장소를 바꾸면 어떨까?"

"어디를 무대로 원하는가? 니블헤임? 무스펠헤임?"

질문하는 디아블로의 머리가 뒤로 꺾였다.

탄환처럼 날아온 지크의 발차기에 얼굴을 정확히 맞은 디아블로는 지크와 함께 비그리드 밖으로 튕겨나갔다.

"같이 골라보자고, 아저씨."

밑으로 떨어지는 디아블로와 지크를 제천대성이 급히 뒤쫓았다.

지크가 수적으로 불리한 상황에서 빠져나가는 것을 확인한 리오는 오딘을 향해 계속 걸어가면서도 의식의 한편으로는 하이엘바인을 주목했다.

하이엘바인은 병렬로 배치된 리오의 의식을 확인한 뒤 오딘의 옆으로 다가왔다.

"올림포스의 아테나는 제가 상대하겠습니다."

"괜찮겠느냐?"

"오딘 님은 저 위험 분자의 적수가 안 됩니다. 그러니 제가 맞서야 합니다."

"……."

굳은 표정을 지었던 오딘은 쓴웃음을 지으며 허락을 뜻하는 손짓을 했다.

하이엘바인은 리오의 시선을 잠깐 마주한 후 아테나를 향해 고속으로 날아갔다. 도중에 불러낸 궁니르가 천지를 흔들며 그 밑에 있던 오딘의 군대를 무참히 깔아뭉갰다.

리오는 낚싯대를 지듯 디바이너를 어깨에 걸친 채 오딘의 앞으로 갔다.

"이렇게 될 줄은 정말 몰랐습니다, 스승님. 혹시 제가 당신께 칼을 들이밀 거라는 사실을 알고 계셨습니까?"

"처음에는 몰랐고 도중에 알게 됐지."

"그럼 그때 확 자결하시지 그러셨습니까? 그게 아니었으면 이렇게 더러운 꼴은 안 보이셨을 텐데 말입니다."

"입만 나불대는 것은 그만하자, 제자야."

오딘은 흑철색의 대검을 불러내어 손에 쥐었다.

"자세한 얘기는 검으로 하자꾸나. 그게 우리에게 어울릴 것이야."

"삶의 방식은 불변이시군요. 참 반가운 구태입니다."

그리고 스승과 제자가 검을 겨뤘다.

살아 있는 존재로서의 격차, 스승과 제자라는 위치, 그리고 존경심까지 모두 털어낸 둘은 그저 남자와 남자로서 서로의 목숨을 노렸다.

그것은 진심이었다.

"여기는 훼방꾼이 너무 많구나! 다들 멋을 모르는군!"

오딘의 눈이 빛나자 둘의 위치가 똑바로 세워진 채 무지개에 휩싸여 찬란하게 빛나는 발할라 성의 앞으로 옮겨졌다.

"분위기 있군요. 고백이라도 하시려고요?"

말을 하는 동안 리오는 여덟 번의 지하드를 피해 궤적까지 뒤틀어가며 오딘에게 날렸다.

그 공격을 피하거나 손으로 받아낸 오딘은 묵직한 발길질을 즐거운 얼굴로 날렸다.

"고백할 거야 많지. 내가 이 순간을 얼마나 기다렸는지 아느냐?"

오딘의 발길질을 탄핵의 판결로 막아낸 리오는 오딘의

몸 구석구석을 향해 퀸의 기술인 어치브를 날렸다.

차원분단으로 어치브들을 모두 무력화시킨 오딘은 검을 휘두르는 것과 동시에 돌려차기를 했다.

아주 단순한 공격이었으나 칼끝이 광속을 한참 넘어가면서 물질 결합력이 붕괴되는 바람에 그 흑철색 검의 칼자루가 분산되었다.

진짜는 형태를 유지하는 오딘의 발, 즉 차기였다.

어치브를 빠르고 정확하게 연발하여 파괴력을 중화시킨 리오는 역으로 오딘의 발목을 잡은 뒤 그를 발할라의 벽을 향해 날려 버렸다.

오딘은 자신에게 불리한 운동 방향을 유리하게 바꿔 역으로 리오에게 돌진한 뒤 황소의 등짝만 한 무릎으로 제자의 몸을 찍었다.

망토에 힘을 넣어 공격을 막아낸 리오는 여덟 자루의 디바이너를 더 불러낸 뒤 동시에 지하드를 난사했다.

오딘은 우습다는 듯 맨몸으로 지하드를 막아냈다.

[사실 말이다, 내가 짠 모든 계획은 시작하기도 전에 패배로 끝났단다. 너를 데려온 주인을 만나면서 말이지.]

오딘은 말을 하면서 검을 휘둘렀다. 이번에는 단순한 공격이 아니라 지하드였다.

그것도 리오에게 이론만 가르쳐 주었던 펌블베르트였다.

동일한 핌블베르트로 그 공격을 중화시킨 리오는 왼손 주먹에 데이브레이크를 충전한 후 그것을 던지지 않고 직접 오딘의 복부에 꽂아 넣었다.

오딘은 아테나가 그랬던 것처럼 데이브레이크의 폭발을 육체의 손상 없이 받아내었다.

[내가 경험한 주인은 과거도, 현재도, 미래도 아니었어. 그래, 인과율의 흐름 밖에 있는 존재였지. 그리고 하얀 우주의 의지는 그 주인을 잡기 위해 프라임들을 농락하는 괴물이었단다.]

오딘은 손날로 리오의 어깨를 때렸고 그 한 방에 리오의 왼쪽 어깨가 박살 났다.

그러나 우주에서 전해지는 끝없는 힘이 그의 망가진 몸을 순식간에 재생시켜 주었다.

[그놈들을 상대로 내가 뭘 할지 고민해 봤단다. 하지만 주인이라는 존재를 어떻게 할 수 있는 방법은 없었어. 내 머리 위에도, 내 등 뒤에도, 내 발 밑에도 존재하는 것이 주인인데 무슨 꾀가 통하겠느냐?]

리오는 오딘의 수염을 낚아챈 후 디바이너의 자루로 그의 이마를 내려찍었다.

강력한 권능이 그 공격을 받아 튕겨냈다. 디바이너를 놓쳐 버린 리오는 아예 두 손으로 오딘의 머리를 붙잡고는 이

마로 그를 들이받았다.

[결론은 하나뿐이었지. 내가 사라지면 되는 것이었어. 하지만 그냥 사라지기에는 하이볼크에게 남겨줄 짐이 너무 무거웠단다. 쉬프터와 하얀색의 우주를 알게 된 대다수의 신이 전부 딴생각을 하고 있었거든. 제홉과 아롤부터가 그랬으니까. 그냥 놔뒀다가는 깔끔하게 자멸이었지.]

깨져 뭉개진 오딘의 머리가 금방 재생되었다. 그 머리에 디바이너가 다시 꽂혔다.

오딘은 주변의 차원과 공간을 무한으로 잘라 리오를 노렸다.

미처 피하지 못하고 복부부터 머리까지 전부 날아간 리오는 땅으로 추락하다가 얼른 중심을 잡고 착지했다.

단면에서 터지는 검은색의 불꽃이 그의 잃어버린 몸과 옷으로 변했다.

[난 원탁을 만들었단다. 하이볼크 대신 자유를 갈망하는 모든 자를 모았지. 하얀 우주의 의지에게는 우리를 도와 자유를 얻을 동지라고 소개했단다. 속진 않았을 거야. 원래 우리를 벌레만도 못한 존재로 여기는 녀석이었으니 내 계획도 겨우 그 정도로 봤겠지. 그런데 내가 뽑은 그 숙청의 대상에 어울리지 않는 자들이 끼어버렸단다.]

둘이 다시 검을 맞대고 힘을 겨뤘다.

[바로 디아블로와 제천대성이었단다. 하이볼크의 신계를 지지하는 그 의로운 자들이 왜 굳이 죽으려 드는지 난 이해할 수 없었어. 하지만 둘이 한뜻으로 말하더구나. 좀 더 확실하게 새로운 세계를 추구하자고 말이지.]

오딘은 리오를 밀어붙였고 그들의 돌진으로 발할라의 성채가 대파되어 폐허가 되었다.

[난 무슨 뜻인가 했는데, 결국 둘이 원탁에 가입하는 것을 계기로 내가 미처 몰랐던 반역의 씨앗들이 전부 원탁에 집결했단다. 난 그들의 구색을 맞춰주면서 오늘을 기다렸지.]

오딘은 성의 폐허에 누운 리오를 하나로 모아 쥔 주먹으로 내려찍었다.

그것으로 발할라뿐만 아니라 아스가르드 신계의 터전 전체가 완파되었다.

[모든 반역자를, 그저 이야기로만 남아야 했던 모든 옛것을 명예로운 안식으로 인도할 자가 나타날 날을 말이다.]

비그리드의 한가운데에 떨어져버린 오딘은 자신의 대검을 다시 들었다.

"그런데 오늘이 아닌 것 같구나. 넌 실격이다, 제자야."

하이엘바인뿐만 아니라 그녀를 따르는 세 명의 발키리, 클라라와 스트라케, 라피르의 협공을 단독으로 받아내던 아테나가 그 광경에 경악했다.

"주인님!"

전투를 잊고 그를 구하려 했던 아테나의 몸이 하이엘바인의 궁니르에 꿰뚫렸다.

그녀는 몸을 빛의 입자로 바꿔 피해 없이 탈출했으나 구름으로 변한 발키리들이 일제히 달려들어 그녀를 포박했다.

아테나는 전력을 다했지만 그 위에 하이엘바인, 아니, 라그나바인의 힘이 쏟아지면서 땅 위에 쏟아지고 말았다.

'주인님……! 나의 주인이시여!'

그리고 새카만 짐승이 오딘을 덮쳤다.

오딘은 자신의 팔을 다급히 무느라 입천장과 머리가 꿰뚫린 그 큼지막한 늑대를 돌아봤다.

"펜리르? 아니… 로키?"

치명상을 입은 늑대, 로키가 희미하게 웃은 뒤 그대로 눈을 감았다.

"나에게도 용서를 받을 생각이 없었던 게로군."

오딘이 자조했다.

필사적으로 일어난 리오의 오른손이 오딘의 가슴에 닿았다.

"F.O.R이냐? 또 한 번 나를 실망시키는구나, 제자야."

"제 동생이 방금 스승님의 엉터리 수학을 수리했습니다.

아마 이것이 진짜일 겁니다."

리오의 손과 오딘의 가슴 사이에서 녹색의 전류가 일어났다.

로키의 시체에서 팔을 뽑지 못한 오딘이 그 불길한 기운에 눈을 부릅떴다.

"디콤포저 방정식이라 하지요."

녹색의 번개가 오딘의 몸을 부수고 위그드라실의 줄기까지 도달했다.

그 모든 것을 일직선으로 파괴한 번개는 상황을 완전히 바꿔놓았다.

두 팔과 머리만 남아버린 오딘은 자신을 점점 좀먹어가는 절대분해의 고통을 느끼며 활짝 웃었다.

"이번에도 도박에 졌구나. 후후. 내 딸, 하이볼크를 부탁한다. 나의 제자야."

리오는 라그나바인의 녹색 빛을 잃고 쓰러지는 하이엘바인을 보며 고개를 저었다.

"장담은 못하겠군요. 저도 엉망이라 말이지요."

"나쁜 녀석."

오딘이 치아를 드러내며 웃었다.

"이제 원탁에 등록된 모든 존재가 나와 함께 이야기로 돌아갈 것이야. 살아서 숨 쉬는 이야기보다는… 역시 전설이

멋있지."

"저쪽 의견은 좀 다른 것 같군요."

제홉과 아롤이 황급히 달려오다가 노을의 색으로 몸이 물들면서 결국 바닥에 쏟아졌다.

"저런 거지 같은 놈들을 내 딸의 곁에 둘 수는 없지. 안 그래?"

리오는 둥실 떠 있는 오딘의 머리를 정성스레 두 손으로 감쌌다.

그들의 주변이 오딘의 군대가 뿜어내는 노을의 색으로 은은하게 반짝거렸다.

"하이볼크 님을 버렸던 모든 존재가 황혼으로 변하고 있습니다. 저도 슬슬 부서지고 있군요."

리오의 몸 여기저기에서 검은색의 불꽃이 올라왔다.

"너랑 길동무하기는 싫은데 말이야."

"저도 좀 쉬어야죠. 정말 피곤하거든요."

"후후, 그래도 조금만 더 힘을 내려무나. 하이엘바인… 아니, 바니에게 인사라도 해야지."

"글쎄요? 스승님부터 뭔가 해명을 하셔야 하지 않겠습니까? 신 나게 이용하셨잖아요?"

하이엘바인에게 시선을 돌리던 리오의 손에서 갑자기 무게감이 사라졌다.

흠칫한 리오는 오딘의 머리를 빼앗아 간 장본인을 노려봤다.

하얀 우주의 의지가 오딘의 머리를 손으로 으깬 뒤 퀭하게 뚫린 두 눈을 더욱 크게 부릅떴다.

마치 고래의 단말마처럼 기묘한 소음이 비그리드뿐만 아니라 위그드라실 전체를 덮쳤다.

세계수, 위그드라실의 생명이 거기서 꺼졌다.

세계는 회색으로 바짝 타버렸고 가장 가까운 장소에서 그 파괴적인 폭풍을 맞아버린 리오는 비록 디바이너로 공격을 막긴 했지만 몸 전체가 발톱에 긁힌 듯한 중상을 입은 채 쓰러져 있었다.

그의 보라색 검은 그 특유의 빛깔을 잃고 검게 변해 있었다.

'왜 몸이 재생되지 않지?'

그는 거의 부서진 검을 지팡이로 삼아 비틀비틀 일어났다.

하얀 우주의 의지는 밀도의 차원이 다른 힘을 과시하며 리오를 노려보고 있었다.

"먼저 이놈을 죽이고 너와 얘기하고 싶군. 프라이오스여."

리오는 뒤를 돌아봤다.

어느새 나타난 프라이오스가 담담히 슬퍼하는 루이체를 보호한 채 가만히 서 있었다.

"루이체. 내 동생."

"……."

"드디어 내 동생을 만났어. 내 눈으로 볼 수 있게 됐다고. 하하, 신 따윈 믿고 싶지 않았는데, 어쩌지?"

리오는 루이체와 자신의 검, 그리고 하얀 우주의 의지를 차례로 봤다.

"널 없애주마, 유령 같은 녀석!"

"나도 너에게 딱 맞는 벌을 내려주마. 쓰레기 녀석."

리오는 넝마가 된 몸을 이끌고 하얀 우주의 의지를 향해 한 발씩 걸어갔다.

"자신 있나, 리오 스나이퍼?"

프라이오스의 질문에 리오가 웃음을 터뜨렸다.

"이 검은 나를 배신한 적이 없지."

리오는 디바이너를 다시 들어 올렸다.

고대의 유물처럼 망가진 그 보라색의 검으로부터 칼날의 파편들이 썩은 나무의 껍질처럼 떨어졌다.

프라이오스는 상대의 그 너덜너덜한 집념에 한숨을 쉬었다.

"값싼 낭만으로 자살을 치장하려 하는군. 하긴, 똥오줌을 지리는 것보다는 점잖은 방법일지도 모르지."

"…동생을 부탁해."

"나보다는 네 동생에게 의견을 물어라, 리오 스나이퍼. 그 정도의 용기는 발휘할 수 있겠지?"

리오는 고민하지 않고 루이체를 봤다.

루이체는 왼손으로 프라이오스의 손을 꼭 잡은 채 오른손을 활짝 펴고 좌우로 흔들었다.

동생과 동생을 보호하는 프라이오스의 모습에서 리오는 이상함을 느꼈다.

'용기라고……?'

그는 자신을 가만히 바라보고 있는 프라이오스를 다시 봤다.

"후후……."

짧게 웃은 리오는 다시 몸을 돌려 하얀 우주의 의지를 향해 뛰었다.

하얀 우주의 의지가 그에게 손을 뻗었다.

"아카식 레코드를 오랫동안 분석하여 개발한 능력이다. 네가 소중히 여기는 모든 것이 네 인과율로부터 이탈하여 널 잊게 될 것이야. 네 동생이라는 계집도 한순간에 널 잊게 되겠지."

"닥치고 덤벼!"

고함을 지르는 리오의 몸속에서 하얀빛이 터졌다. 아카식 레코드를 이용한 아카식 브레이커가 리오의 인과율을 깨고 그의 모든 것을 세상에서 지워 버렸다.

“주인님! 주인님! 리오 스나이퍼!”

아테나가 괴성에 가까운 소리를 냈다.

리오를 없애 버렸음에도 불구하고 하얀 우주의 의지는 여전히 불편한 표정이었다.

“하아, 기분이 안 풀리는군. 아무튼 이제 너와 나의 계산만이 남은 것 같구나, 프라이오스여. 알다시피 난 지금 기분이 매우 안 좋아.”

“오래전에 말했을 것이다, 숙적이여. 널 없애 버리겠다고.”

“아아, 그랬지.”

프라이오스의 가면에서 붉은빛이 흘러나왔다.

“그리고 방금 전에도 말했지. 널 없애 버리겠다고, 유령녀석.”

“…뭐?”

낯익은 상대의 말과 갑자기 변한 목소리에 분노와 짜증만이 감돌던 그의 눈이 꿈틀했다.

CHAPTER 108
귀환

지혜를 가진 여행자들은 밤이 되면 신을 믿지 않는다.

자신들을 가장 진실되게 이끌어주는 것이 우주가 품은 별들이라는 사실을 알기 때문이다.

싸우는 자들은 허무한 살육의 끝에 하늘이 있기를 바랐고, 영웅이라 칭해진 자들은 자신의 이름을 별자리에 올리려 애를 썼다.

그러나 우주는 그들의 접근을 시간에 맡겨 판결했고, 행여 별과 별자리에 이름을 올리는 영광을 차지한 자라 할지라도 언젠가는 찾아올 자멸의 시기에 맞춰 영원히 탄핵되었다.

우주는 모든 것을 품었으면서도 그 누구도 곁에 둔 적이 없었다.

그 다정하면서도 냉엄한 진실의 인도자에게 의지가 있고 생명이 있다는 사실을 인식하는 순간, 무한의 탐욕을 추구하는 신들은 범접할 수 없는 그 가치마저도 자신의 뱃속에 넣으려 했다.

대부분의 검은색 우주는 그렇게 자멸되었고, 하얀색 우주의 존재들은 그 자멸을 당연히 여겨 아무런 의미도 두지 않았다.

그러나 단 한 번의 소원이 한 개의 우주를 바꿔놓았다.

탐욕에 젖은 끝에 모든 것을 먹어치우고 서로를 먹어치우는 지경에 이른 신들, 이른바 '아우터 갓' 들은 그것이 자멸의 길이라는 것을 알면서도 우주 그 자체, 즉 주인(宙因)의 맛을 자신의 몸에 새기려 했다.

그전까지 다른 주인들은 그 탐욕에 굴복하여 모든 것을 품은 채 소멸했다.

그러나 그 순간 그 주인만은 다른 선택을 하였다.

"저는 더 많은 아이를 지켜보고 싶습니다."

주인의 소원에, 주인을 완전히 포위한 아우터 갓들은 비웃음을 터뜨렸다.

"주인이시여, 당신이 그렇게 소원하여 이곳을 빠져나간다 하더라도 결국 시간이 지나 당신을 찾아오는 것은 또 다른 우리입니다. 당신이 가장 잘 알고 계시지 않습니까?"

그러나 주인은 굴하지 않았다.

"그 말대로 저는 과거에도 존재할 수 있으며 미래에도 존재할 수 있습니다. 당신들은 미래를 그저 예상할 수 있지만 저는 그 자리에 가서 볼 수 있습니다."

"알고 있습니다, 주인이시여. 그러니 그 무한의 힘을 우리에게도 맛보게 해주십사 부탁하고 있는 것입니다."

부탁을 빙자한 탐욕의 물결이 짐승의 혀처럼 주인의 주황색 빛을 훑고 지나갔다.

"우연은 내가 가장 소중히 여기는 것이며 당신들 역시 그 우연의 결정체입니다. 저는 그 무한한 우연을 지켜보는 것으로 만족했고 그 때문에 당신들의 탐욕에도 간섭한 적이 없었으나 지금은 앞으로 있을 우연들을 지키기 위해 소원하겠습니다."

주인의 황색빛이 모든 탐욕을 물리치듯 강렬하게 빛났다.

"영겁의 시간조차 두려워하지 않고 싸웠던 존재여. 이야기를 마무리 지을 권리를 박탈당한 자여. 이제부터 내가 부여할 영겁의 고통이 두렵지 않다면 미래로부터 이곳으로 오십시오."

그 자리에 모인 모든 아우터 갓은 주인의 앞에서 인과율의 법칙이 붕괴하는 것을 목격했다.

붕괴된 시공간의 틈새에서 빠져나온 것은 검은색으로 산회되고 부서진 검의 파편들과 그 검의 자루를 쥔 검은색 장발의 남자였다.

주인이 뭔가 대단한 일을 저지를 것이라 생각했던 아우터 갓들은 두려움을 벗어던지며 큰 소리로 웃었다. 탐욕에 먹혀 작게 축소된 우주 전체에 아우터 갓들의 웃음소리가 끝없이 울려 퍼졌다.

그들이 웃는 한편, 검의 파편들은 주인이 불러낸 인간의 얼굴 쪽으로 꿈틀거리고는 일제히 모여들어 가면의 형태를 이루었다.

겹쳐진 검은색 철판 모습의 가면이 된 그 검을 주인의 주황색 빛이 감쌌다.

그 빛에 이끌리듯 장발의 남자가 눈을 떴다.

"당신이… 주인인가? 그 가면은 느낌상 내가 쓰던 검인 것 같은데?"

"이것은 당신의 소중한 과거. 다시는 되돌릴 수 없는 당신의 이야기. 이 가면은 이제 모든 것을 잊고 영겁의 영역에서 살아가게 될 당신을 당분간 위로해 줄 유일한 따스함입니다. 제가 당신을 위로할 수 있는 방법은 이것뿐이군요. 선택하세요, 수호자여."

"선택하면……."

원인과 결과, 즉 인과의 흐름에서 방금 벗어나는 바람에 자신이 왜 이곳에 왔는지, 또 누구인지 이제 기억도 할 수 없는 그 장발의 남자는 자신과 주인을 포위한 채 흉악한 웃음소리를 내고 있는 아우터 갓들을 둘러봤다.

수천 년 동안 그를 지탱해 주었던 본능이 인과율의 이탈을 무시하듯 꿈틀거렸다.

"선택한다면 저 구역질 나는 놈들을 침묵시킬 수 있습니까, 주인이시여?"

"그것이 저의 소원이며 당신과 나를 엮어주는 유일한 끈입니다."

남자는 가면을 손에 쥐고 얼굴에 썼다.

"따르겠나이다."

가면이 머리 전체를 단단히 감쌌다. 더불어 엉망이었던 그의 검은색 옷이 수선되고 몸 전체에 검은색 철갑이 씌워졌다. 검을 잡는 데 특화되었던 그의 손도 빈틈없이 보호되었다.

마지막으로 그가 두르고 있던 검은색의 망토가 바뀌었다.

넝마나 다름없던 그 망토는 금색의 수가 화려하게 자리 잡은 하얀색의 망토로 변했다. 망토의 뒤쪽에서 나풀거리는 대형 후드가 고요하게 그의 머리를 감싸주었다.

한때 검의 모습을 했던 그의 금속제 가면으로부터 붉은색의 빛이 새어 나왔다.

"이 모습, 낯설지 않습니다. 저는 누구입니까?"

주인의 주황색 빛이 그의 얼굴을 좌우에서 부드럽게 감쌌다.

"당신은 내가 존재를 허락한 첫 번째 수호자입니다. 그래요, 프라이오스라고 하지요."

"그리 알겠습니다, 주인이시여."

새로운 이름을 받은 그 남자, 프라이오스는 비웃음을 차츰 잃어가는 아우터 갓들을 향해 손을 뻗었다.

"너희의 탐욕에 이 프라이오스의 이름을 새겨주마."

우연이 아니라 필요에 의해 강림한 자, 프라이오스는 주인을 노리는 아우터 갓들을 하나씩, 저력이 없는 무한의 힘으로 압도하고 탄핵했다.

평균 100만 광년이 넘는 아우터 갓들의 광활한 몸이 녹색의 번개를 동반한 그의 힘에 분해되었다.

아우터 갓들조차 대처할 수 없는 그 이해불가의 절대분해 공식. 이후 그 힘은 디콤포저 방정식이라는 이름으로 불리며 우주에 공포를 새겼다.

아우터 갓들이 죽거나 주인에 대한 탐욕을 거둘수록 작게 압축되어 사라질 것만 같던 검은색 우주가 다시 건강을 되찾으며 고동쳤다.

하얀색 우주의 존재들은 그때까지만 해도 그들을 무시했다.

* * *

대부분의 아우터 갓을 격퇴한 프라이오스는 이후 오랫동안 주인의 곁에서 장식물처럼 가만히 존재했다.

고독감이 이따금씩 닥쳐 왔지만 그는 자신이 뭐든 지킬 수 있다는 사실에 만족했고 그 의무를 영광으로 여겼다.

오랜 시간이 흐른 뒤, 그와 똑같은 모습을 한 두 번째 존재가 주인의 곁에 나타났다.

"저 친구는 누구입니까, 주인이시여?"

"세카르포스입니다. 프라임이지요."

"프라임이라 하셨습니까?"

"그렇습니다. 우주를 본래의 크기까지 되찾으려면 도움을 줄 존재가 필요하지요. 지금은 아무리 행복한 우연이 발생한다 하더라도 아우터 갓들에게 금방 포식되고 마니까요."

프라이오스는 몸을 돌려 아직 의식이 없는 세카르포스를 돌보고 있는 주인을 봤다.

"아우터 갓들의 포식이 문제라면 왜 아우터 갓들을 남겨두라 지시하신 겁니까?"

"제가 지정한 아우터 갓들은 그나마 대화가 통하는 존재였지요. 조금이나마 통제가 되고 있잖아요?"

"통제가 아니라 주인님과 저를 두려워하는 것뿐입니다."

"그들이 두려움을 갖게 하는 것이야말로 통제입니다. 그리고 프라이오스여, 당신은 우주의 수호자이지 우주의 공포가 아닙니다. 탄핵과 탄압을 구별하세요."

"명심하겠습니다."

주인은 다시 세카르포스를 돌보는 것에 관심을 기울였다.

"프라임들은 당신이 수호할 이 우주의 크기를 넓혀줄 겁니다. 힘은 당신과 동일하겠지만 태생이 수호자가 아니기에 당신의 도움이 절실할 거예요."

"힘이 동일하다면 저도 프라임이 될 수 있겠습니까, 주인이시여?"

프라이오스의 말에 주인이 반짝거렸다.

"그렇다면 당신은 프라임으로서 가장 나약한 자라고 놀

림을 받겠지요. 그래도 괜찮은가요?"

"그러지 않으면 형제들을 이해할 수 없을 것 같습니다."

"형제요? 출신 성분이 다른데요?"

"왠지 형제라고 부르고 싶습니다."

"후후, 역시 당신은 외로움을 잘 타는군요. 그럼 당신도 프라임이라고 하지요. 이들과 달리 말뿐이겠지만요."

"감사합니다, 주인이시여. 이 프라임 프라이오스, 우주의 수호와 번영을 함께하겠나이다."

"신 나게 실패하세요."

프라이오스는 주인이 말한 실패가 자신의 허전한 구석을 채워줄 것만 같은 기대감을 가졌다.

* * *

주인이 소원하여 우주 각지에서 일을 하던 프라임들이 어느 순간 한자리에 모였다.

안내와 소개를 맡은 자는 프라이오스였다.

모든 프라임의 탄생을 주인의 곁에서 지켜봤던 그는 자신의 어김없는 기억력을 과시하듯 모든 프라임의 이름을 부르며 모든 이에게 서로를 소개시켰다.

"마지막으로 내가 프라임 프라이오스다. 형제들이여."

"오, 수호자여."

그에게 가장 먼저 말을 건 프라임은 사이악스라는 이름의 프라임이었다.

"모든 이야기를 주인께 들었습니다. 당신과 같은 수호자가 우리를 형제라 불러주다니, 큰 영광입니다."

"나도 영광일세, 사이악스여. 그리고 이제부터는 편하게 말하게. 아까도 말했듯이 나 역시 그대들의 형제라네. 또한 프라임이기에는 너무나 부족한 존재이지."

"그렇습… 아니, 그러하군. 알겠네, 형제여."

긍정하는 사이악스의 곁으로 또다른 프라임이 접근했다.

"그렇다면 의회를 만들고 의장을 정하세, 형제들이여. 주인께서 우리를 이곳에 모으신 이유는 아마도 그것이겠지. 의장은 누가 되었으면 좋겠나?"

활발하고 친근하게 말을 하는 그 프라임의 이름은 윈드렉스로서, 주인이 여섯 번째로 존재를 인정한 자였다.

그의 말에 이끌리듯 그 자리에 모인 모든 프라임이 숙덕거렸다.

그러나 프라이오스는 그 대화에 끼어들 수 없었다.

'태생이 프라임인 자와 그렇지 않은 자의 차이인가?'

실은 프라이오스에 대한 의견을 물어보는 것뿐이었기에 그가 끼어들 필요는 없었다.

프라이오스는 그렇게 프라임들의 의장이 되었다.
"어째서 나를 의장으로 추대하려는 것인가?"
"왠지 뒤치다꺼리를 잘할 것 같아서."
설명한 자는 이후 그와 악연 아닌 악연이 되는 자, 파이록스였다.
"뒤치다꺼리라. 수습이라는 말을 쓰면 안 되겠나?"
"훙, 우리끼리 말을 어렵게 쓸 필요가 있나?"
"하긴, 생각해 보니 듣기에 나쁘지도 않군."
프라이오스는 두 어깨를 으쓱거렸다.

*　　*　　*

프라임으로서 경작지를 만들고, 주인의 예고대로 실패를 거듭하던 프라이오스에게 얼마 뒤 다섯 명의 일꾼이 찾아왔다.
프라이오스는 그들이 일찍이 자신의 경작지에서 허무하게 자멸해 버린 신들 가운데 가장 선하고 의로운 자들임을 한눈에 알아봤다.
그러나 그들은 과거를 잊은 상태였다.
'나에게도 과거가 있었던 것 같은데?'
프라이오스는 자신의 가면을 만지작거렸다.

"프라임이시여. 이 부족한 자들이 해야 할 일을 가르쳐 주십시오."

일꾼들 가운데 한 명이 말했다.

"그렇군. 자네들은 나를 돕기 위해 주인께서 존재를 허락하신 자들이지?"

"그렇습니다."

"그럼 내가 할 일을 자네들이 좀 가르쳐 주게."

"……."

"돕는 자들이라며?"

"예, 그렇습니다만……."

일꾼들은 서로를 이리저리 쳐다보며 난감해했다.

"어린 동포들이여. 너무 그렇게 어려워하지 말게. 모르는 자들끼리 도우며 주인님의 뜻을 이루는 것이 우리 모두의 목표가 아닌가?"

프라이오스가 자신을 동포라 부르자 일꾼들은 당황했다.

"동포라니, 당치 않습니다! 프라이오스 님은 프라임이시자 수호자이십니다! 저희와는 다른 분이십니다!"

그러자 프라이오스의 가면이 조금 진지한 각도로 그들에게 향했다.

"자네들과 나, 모두 우연이 아니라 주인님의 필요에 의해 이 자리에 함께하고 있는 자들일세. 그 우연의 일치만으로도 우리는 서로를 동포라 부를 수 있는 자격이 있다네. 아닌가?"

"……."

프라이오스는 그들에게 손을 내밀었다.

"비록 지금은 우리 여섯 명에 불과하지만 앞으로 더 많은 많은 자가 우리와 함께할 것이네. 주인님께서 사랑하시는 우연의 산물들이 더 넓은 세상을 누릴 수 있도록 노력하세."

"알겠습니다, 프라임이시여."

다섯 명 모두가 프라이오스의 손에 자신들의 손을 겹쳤다.

"모든 것을 바쳐 이 세상을 더 널리 이롭게 하겠습니다."

"고맙네. 음……."

프라이오스가 도중에 고개를 갸웃했다.

"일곱 명이었으면 더 좋은 그림이 나왔을 것 같은데 말이지."

"예?"

"아닐세. 혼잣말일세."

낮게 웃음 지은 프라이오스는 자신이 잠깐 느낀 그 원인 불명의 고독감을 오랫동안 벗어 던지지 못했다.

*　*　*

“새로운 종족? 흠.”

주인이 소집한 회의에서 윈드렉스의 보고를 들은 프라이오스는 그게 뭐가 신기한 일이냐는 듯이 밋밋하게 질문했다.

실제로 우주가 다시 활기를 되찾아 팽창을 거듭하고 있는 현재, 경작지 밖에서 새로운 생명체들이 발생하는 일은 시시각각 진행되는 사건들이었다.

그러나 경작지의 관리에도 힘겨워하는 프라임들의 흥미를 끌기에는 너무나 싱거운 일이었다.

하지만 윈드렉스의 자세는 그 어느 때보다 진지했다.

“그 새로운 종족은 우리의 존재를 알고 있을 뿐만 아니라 경작지는 물론 본거지의 위치마저도 정확히 파악하여 기습해 오고 있네. 또한 그 능력은 대단하지. 우리의 은밀성을 생각한다면 있을 수 없는 일이라네.”

“들어보니 그렇군. 그렇다면 윈드렉스여, 자네는 그 종족에 대해 어떻게 알게 됐나?”

질문을 한 프라이오스는 물론 다른 프라임들까지도 조금 긴장했다.

“경작지의 경계선 부근에서 일을 하던 나의 어린 동포가 모두 소멸을 당했네."

윈드렉스의 대답에 프라이오스가 그 자리에서 벌떡 일어났다.

"모두?"

"그렇다네. 이후 몇 차례 더 공격을 받은 덕에 놀라운 사실을 알게 되었네."

"무엇인가?"

"그들은 주인께서 허락하신 우연의 산물이 아닐세."

윈드렉스의 손끝에서 흘러나온 황금색 빛이 회의실의 대형 탁자 중앙으로 향하고는 뚜렷한 입체 영상으로 바뀌었다.

그 영상은 광활한 공간 위에 둥실 떠 있는 검은색 포도와도 같았다.

물론 프라임들은 그 포도가 자신들이 존재하고 있는 우주라는 사실을 알고 있었다.

"마지막으로 분석된 우주의 모습이군. 400억 년 전의 것이 아닌가?"

"모습과 시간을 따지기 위해 보여주는 것이 아닐세."

윈드렉스는 우주를 둘러싼 공간을 손가락으로 가리켰다.

"우리 우주가 일명 '하얀색 우주'의 어딘가에 존재하고 있다는 사실은 자네도 알 것이네. 그들은 그곳에서 온 것이 분명해."

"하얀색 우주의 존재들이 우리에게 명백한 적대감을 드러내고 있다는 말인가?"

"그렇다네. 내가 분쇄한 적들의 구성 체계가 하얀색 우주의 기본이라 할 수 있는 상호작용에 기초하고 있었지. 아무래도 우리에게 아우터 갓과는 비교할 수 없는 시련이 닥칠 것 같군."

윈드렉스가 근심을 드러냈다. 형제와 마찬가지로 입체영상을 보며 고민하고 있던 프라이오스는 문득 자신의 형제 중 한 명을 돌아봤다.

"사이악스여."

"음? 음, 말씀하시게. 의장이여."

"자네가 그렇게 즐거워하는 모습을 오랜만에 보는군."

가면을 쓰고 있긴 했지만 프라임들은 형제들이 무슨 감정을 품고 있는지 어느 정도는 읽을 수 있었다.

"하얀색의 우주에서 우리에게 메시지를 보낸 것일세. 신선하지 않나?"

사이악스의 대답에 프라이오스는 긴 한숨을 쉬었다.

"어린 동포들이 죽었네. 자중하게, 형제여."

"음, 그렇지."

사이악스는 건성으로 대답했다.

프라이오스를 비롯한 모든 프라임은 그가 어린 동포들을 '훌륭하면서도 잘 관리해 줘야 하는 도구' 정도로 생각한다는 사실을 알고 있었다.

또한 프라이오스는 사이악스의 그러한 태도가 아주 점잖은 혐오감이라는 것을 인식하고 있었다.

프라이오스는 파이록스를 잠깐 봤다.

혼자 일하기를 좋아하는 파이록스는 과거에 어린 동포들을 함부로 대하다가 프라이오스에게 멱살을 잡힌 적이 있었다. 파이록스는 긴 꾸중을 들은 후에 흔쾌히 납득을 하고 그 이후로는 어린 동포들을 귀중히 했다.

그러나 프라이오스는 사이악스를 그런 식으로 꾸중한 적이 없었다. 상대가 남의 말을 들어서 납득을 할 인물이 아님을 알기에 그런 것이다.

"대책을 마련해 보세, 형제들이여."

*　　*　　*

어린 동포가 백 명 가까운 숫자로 늘어난 어느 날, '사냥꾼' 이라는 별명을 갖게 된 그 다른 우주의 침략자들에 대비하여 혼자 경작지를 순찰하던 프라이오스는 갑자기 이상한 느낌을 받았다.

방금 전에 소멸되어 잔류 물질만이 남은 신계의 흔적 한 가운데로부터 살아 있는 신의 느낌이 감지된 것이다.

그 장소를 향해 바로 이동한 프라이오스는 당황하여 어찌할 바를 모르고 있는 그 붉은색 로브의 여성, 아니, 여신에게 가까이 다가갔다.

"소멸한 신계의 신이 생존할 수 있다니, 기적에 가깝구려."

프라이오스의 목소리를 들은 여신은 움찔하여 그를 돌아봤다.

붉은색 로브가 감싸고 있는 여신의 머리는 인간의 두개골 그 자체였다.

하지만 지저분함은 느껴지지 않았다. 혐오감도 주지 않았다. 프라이오스의 눈에는 잘 세공된 도자기처럼 보일 뿐이었다.

그 여신은 프라이오스를 본능적으로 두려워했다. 그녀는 몇 개의 우주가 자신에게 밀려오는 듯한 느낌을 받아 완전히 압도된 상태였다.

"아, 실례했소. 난 프라이오스라 하오. 당신을 해칠 생각은 없으니 두려워하지 마시오, 여신이여."

"예……."

그 여신은 맞잡은 두 손을 가슴에 바짝 붙인 채 다시 주변을 둘러봤다.

"제가 있을 장소가 사라졌습니다, 프라이오스 님. 혹시 저의 아버님과 형제자매들을 보신 적이 있으십니까?"

"그들은 모두 소멸되었소."

프라이오스가 딱 잘라 말했다.

"소멸……?"

"당신의 아버지이자 이 세계의 창조주이며 주신이었던 자는 감히 신의 영역에 발을 들이고 있던 인간들의 탐욕을 견디지 못하여 모든 법칙의 결속을 스스로 깨뜨렸소. 당신은 내가 모르는 어떤 경우에 의해 그 영향권 밖에 있어서 생존할 수 있었던 것으로 추측되오."

프라이오스는 그 여신이 잔류 물질의 도움을 받아 겨우 생존하고 있다는 사실까지는 말하지 않았다.

"저는… 예. 아버님께 부탁드리고 허락을 받아 신계 밖에서 쉬고 있었답니다. 저는 죽음을 관장하는 신이지요. 이제는 과거의 일이지만요."

"……."

"인간들이 죽음의 운명마저 거부하면서 고민이 많았답니다. 하지만 지금은 아무것도 남지 않았군요. 모두의 마지막 흔적이 제가 처음 보는 이 광경 안에 담겨 있어요."

그녀는 로브를 걷고는 두개골 모양의 투구를 벗어서 얼

굴을 드러냈다.

말끔한 검은색 단발이 우주공간 안에서 자유롭게 움직였다. 주변 중력의 균형이 일그러진 탓에 일어난 현상이었으나 프라이오스는 잠자코 그녀를 바라보기만 했다.

"저도 이제 아버님과 먼저 가신 어머님, 그리고 형제자매들의 뒤를 따르겠군요."

"그렇지 않소."

프라이오스가 그녀의 손을 잡았다.

"프라이오스 님?"

"당신이 소멸한 신계에서 살아남은 것에는 이유가 있을 것이오. 난 어둠 속에서 이 신계를 관리했던 자로서 당신이 지금 존재하는 이유를 알아내야 하오."

"관리……?"

"이 신계는 우리가 관리하는 경작지에 속한 곳이오. 그리고 나는 그 경작지의 사령관이오."

자칫하면 상대가 알고 있던 상식을 깨고 두려움을 줄 수 있는 이야기였지만 프라이오스는 숨길 생각이 전혀 없었다.

그 사실을 받아들이지 못하여 그 여신이 소멸된다 하더라도 그것은 나름대로 계산된 범위 내의 일이기 때문이다.

하지만 그 여신은 자신의 손을 잡은 프라이오스의 손 위에 반대편 손을 포개며 미소 지었다.

"제가 생각했던 것보다 대단하신 분이었군요."

"지금은 농사꾼과 다를 바 없소."

"그렇다면 프라이오스 님. 당신들께서 우리를 경작하신 이유는 무엇입니까?"

그녀가 슬픔을 억누른 채 질문했다.

"그래야만 좀 더 많은 이를 이롭게 할 수 있기 때문이오."

"저희의 어리석음까지도 많은 이에게 도움이 되었다는 말씀이신가요?"

"그렇소."

"그렇다면 제가 방금 겪은 이별에는 좋은 의미가 있는 것이군요."

그녀가 눈물을 글썽이며 기뻐했다.

"다행입니다. 실로 다행입니다."

그녀는 죽음의 신으로서 무의미한 죽음과 소멸을 그 누구보다도 많이 접해온 존재였다.

그녀를 존재하게끔 해주던 신계의 잔류 물질이 점차 희박해졌다. 창조주를 잃은 신이 소비하는 힘은 그만큼 막대했다.

"함께 나의 거처로 갑시다."

"예?"

여신이 당황했다.

"아까 말했지 않소? 난 당신이 아직 존재하고 있는 이유를 알아야만 하오."

이유고 뭐고 다 아는 바였지만 프라이오스는 그녀를 그렇게 방치하고 싶지 않았다.

자신이 왜 그 여신을 지키고 싶어 하는지 궁금할 뿐이었다.

"터무니없는 분이군요."

"무엇이 말이오?"

"이래서야… 꼭 보쌈을 당하여 시집을 가는 것 같지 않습니까?"

프라이오스는 지금의 상황을 그렇게 받아들이는 그녀의 모습에 당황했다.

"혹시 공주병이라고 들어보셨소?"

"기묘한 표현이군요."

"내 입버릇이오. 불쾌했다면 사과하겠소."

"아닙니다. 재밌었어요."

"……."

"의외로 말이지요."

"흠."

그는 그녀가 존재하는 데 필요한 힘을 전해주었다. 그녀가 존재했던 신계의 모형을 자신의 연산범위 내에 넣어서 힘을 전환, 공급하는 방식이었다.

실제로는 몸 안에 한 개의 신계를 고스란히 넣는 것과 같은 일이었으나 프라이오스의 능력상 그런 것은 일도 아니었다.

프라이오스는 그녀를 붙든 손을 당겼다.

“아무튼 갑시다.”

자연스럽게 프라이오스의 품으로 들어온 여신은 자신이 지금껏 경험해 보지 못한 속도로 멀어지는 자신의 보금자리를 보이지 않을 때까지 지켜봤다.

* * *

“저 성운은 약 91억 년 전까지만 해도 구름을 뚫고 하늘로 날아오르는 천마(天馬)의 모습을 하고 있었소. 내가 기억하는 절정의 순간이 바로 이 모습이오.”

그 성운의 바로 옆에 또 다른 성운이 실제로 나타났다. 프라이오스가 방금 전 자신의 힘으로 자신이 기억하는 성운을 구축해 버린 것이다.

“정말 아름답군요.”

그의 옆에서 감탄한 여성은 과거에 프라이오스가 본거지로 데려온 그 죽음의 여신이었다.

"우주의 우연이라는 것은 실로 대단하군요."

"우연이기에 더 소중한 것이오."

프라이오스는 자신이 만든 성운을 다시 제거했다.

"그러나 저 우연의 아름다움은 지금 다리 부분이 사라지고 상반신만이 겨우 남아 있구려."

"안타깝군요."

프라이오스는 아직까지 자신에게 이름을 밝히지 않은 그 여신을 데리고 이따금씩 우주 공간으로 올라가 성운들을 안내해 주었다.

별들과 성운의 구경이 그녀를 즐겁게 해주는 유일한 요소였다. 그녀는 그 외의 것들에 대해서는 좋다는 티만 낼 뿐, 진심으로 즐기진 않았다.

그녀의 이름 정도는 그녀의 기억을 훑어보는 것만으로도 간단히 알 수 있는 프라이오스였지만 그는 그녀가 직접 이야기하기 전까지는 모르는 것으로 하자고 다짐했다.

직접 그녀에게 들어야만 의미가 있는 것임을 알기 때문이었다.

그 기다림의 시간은 이미 수백 년을 넘고 있었다. 둘 다 시간관념이 희박한 존재이기에 가능한 일이었다.

그 여신이 프라이오스의 팔을 껴안고 머리를 기대었다.

"프라이오스 님."

"말씀하시오."

"이제 저를 놓아주셔도 됩니다."

프라이오스가 그녀를 돌아봤다.

"무슨 말이오?"

"당신께서 저에게 힘을 주시어 저의 존재가 유지되고 있다는 사실은 오래전에 깨달았답니다."

그녀가 손을 뻗어 프라이오스의 가면을 만졌다.

"또한 제가 감히 함께할 수 없는 분이라는 사실도 알고 있답니다. 이상하지요? 이렇게 곁에 있기만 해도 행복한데, 그래서는 안 된다는 사실도 알고 있으니 말입니다."

"……."

"하루하루가 과분한 행복이었습니다. 그리고 결국 당신은 저에게 있어서 제 자신보다 소중한 분이 되었답니다. 그 전에 저의 운명을 마무리 지었어야 하는데 말이지요."

"대체 무슨 말을 하는 것이냐고 물었소!"

프라이오스가 고함을 쳤으나 그 여신은 물러남이 없었다.

"당신의 어린 동포들이 당신을 걱정하고 있습니다."

여신의 말에 프라이오스의 가면 틈새로 붉은색의 빛이

터졌다.

“누가 감히 이 프라이오스를 걱정한단 말이오?”

“그 안에는 저도 포함되어 있습니다.”

그녀는 자신의 손이 프라이오스의 빛에 으스러지는 것에도 개의치 않고 그의 가면을 계속 쓰다듬었다.

“얼마 전에 찾아오신 또 다른 프라임을 뵙고 비로소 알게 되었습니다. 당신은 프라임이라기보다는 수호자에 가까운 분이더군요. 단순하고, 정직하고, 또 무력을 동원한 해결에 있어서는 타고난 분이십니다. 그러나 그러한 분께서 무려 천 년 가까이 저의 곁을 떠나지 않으셨지요. 이 우주 전체를 수호하셔야 하는 분인데 말입니다.”

“알고 있소!”

프라이오스가 가면의 빛을 거두고 그녀의 어깨를 붙들었다. 그 충격으로 인해 여신이 쓰고 있던 해골 모양의 가면이 튕겨져 나갔다.

드러난 그녀의 얼굴은 자기 자신에 대한 혐오감과 미련으로 인해 답답한 아름다움을 뽐내고 있었다.

그 표정을 본 프라이오스의 감정이 폭발했다.

“내가 본분을 다하지 못한 것은 알고 있단 말이오! 그러나 그것이 이 사소한 곤란함의 이유가 될 수는 없소!”

“당신께서, 그리고 제가 이렇게 집착을 하시지 않습니

까? 탐욕에 젖은 아우터 갓들처럼 말입니다."

"그것은……!"

프라이오스는 자신과의 연결고리를 여신 스스로가 끊고 있음을 감지했다.

그는 그녀의 어깨를 붙들었지만 그녀는 비로소 행복하게 웃으며 고개를 끄덕이는 것으로 답을 대신했다.

"영겁의 시간 동안 죽음의 신이라는 이름의 부품으로서 자신의 일에만 충실했습니다. 이제야 제가 하고 싶은 일을 하게 되는군요. 행복합니다, 프라이오스 님. 너무나도 행복하여 죽음조차 두렵지 않습니다."

그것이 그녀의 마지막 말이었다.

그녀가 소멸한 직후, 프라이오스는 우주의 차가움에 섞여 사라지는 그녀의 체온을 거머쥐려 했으나 허락되는 것은 아무것도 없었다.

그 상태로 가만히 시간을 보내던 프라이오스는 두 손을 내리고 자세를 바로 했다.

"이것이 당신께서 말씀하신 영겁의 고통이라면 제법 가볍지 않습니까, 주인이시여? 길어야 100년을 사는 경작지의 인간들도 받아들이는 사별을 이 프라이오스가 받아들이지 못한다는 것은 말이 되지 않습니다."

프라이오스의 앞에는 어느새 주인이 주황색의 빛을 뿌리

며 존재하고 있었다.

"미안하군요."

"아닙니다, 주인이시여. 공부가 됐습니다."

"그랬으면 좋겠네요. 앞으로 당신에게 닥칠 고통은 지금보다 더 무거울지도 모른답니다."

"이 부족한 자의 미래를 아십니까?"

"저는 미래에도, 과거에도 존재할 수 있답니다. 어느 쪽도 저에게 있어서는 현실이지요. 그래서 당신과의 소중한 만남을 가질 수 있었답니다."

"그 만남에 두 번 다시 실망을 드리지 않겠습니다."

프라이오스의 가면 사이에서 푸른색의 빛이 흘러나왔다.

"실망한 적은 한 번도 없어요. 당신은 가장 나약한 프라임이잖아요? 제가 이해해야지요."

주인의 좌우로 늘어진 두 개의 빛 무리가 팔짱을 끼듯이 꼬였다.

"하지만 이번 일만큼은 보살펴 주었어야 했을지도 모르겠군요."

"……."

"분발하세요, 무적의 수호자여."

"명심하겠습니다."

주인이 사라진 뒤, 프라이오스 역시 자신의 본거지로 말없이 돌아갔다.

*　*　*

프라이오스를 제외한 다른 존재들이 그 붉은 로브의 여신을 완전히 잊을 무렵, 프라이오스는 그날 새로 배치된 어린 동포들을 보고 약간의 불쾌감을 느꼈다.

그의 시선을 특히 끈 자는 가면 전체에 해골의 모양을 새긴 존재였다.

"프라임이시여?"

그 존재가 자신을 부르자 프라이오스는 고개를 끄덕였다.

"그 새김, 마음에 드는군."

프라이오스의 말에 수많은 '어린 동포'가 일제히 고개를 돌렸다. 그가 가면에 새긴 각종 모양들을 보고 개인적인 감상을 내놓는 것은 실로 처음이었기 때문이다.

"부끄럽습니다."

그 사실을 모르는 해골 무늬의 존재는 고개를 숙여 감사를 표했다.

*　*　*

프라이오스와 사이악스, 그리고 윈드렉스는 모든 이를 대표하여 사냥꾼들과 만나 대화할 의향이 있음을 전 우주에 퍼뜨렸다.

그 신호에 대한 응답은 약 5분 만에 돌아왔다. 대답은 긍정이었다.

프라이오스는 걱정했고 사이악스는 즐거워했으며 윈드렉스는 조금 흥분했다.

어쨌거나 그들은 지금까지 사냥꾼들에게 잃은 어린 동포들에 대한 생각을 잊고 냉정하게 회담을 하자는 윈드렉스의 말에 동의했다.

하지만 만나기로 한 장소에 나타난 사냥꾼은 이제까지 기록된 사냥꾼들 가운데 가장 큰, 그 실제 크기가 최고위급의 아우터 갓보다 커서 그냥 움직이는 것만으로도 주변 우주를 하얗게 탈색시킬 만큼 강력한 존재였다.

어쨌거나 양측은 대화를 시도했으나 제대로 된 대화는 이뤄지지 않았다.

"먹을 것을 줘볼까? 지금 우리가 하지 않은 타협 수단은 그것뿐이군."

프라이오스의 농담에 윈드렉스는 실소라도 터뜨렸으나 사이악스는 자신만의 세계에 완전히 빠져서 형제들의 말과 행동을 인식하지 못하고 있었다.

결국 회담은 흐지부지되었다.

돌아서는 프라임들을 향해 들려온 것은 이후 '최종기록 등급' 이라 불리게 될 그 초대형 사냥꾼들의 비웃음 소리였다.

"살펴 가라는 인사로 들리진 않는군."

사이악스의 팔을 잡아끌던 윈드렉스가 불쾌감을 섞어 말했다.

"음."

프라이오스의 짧은 대답에 윈드렉스와 사이악스가 움찔했다.

"형제여, 무슨 짓을 저지르려는 건가?"

윈드렉스가 묻자 프라이오스는 자신의 손을 쥐었다 폈다 할 뿐, 말을 하지 않았다.

"큰형이여, 조심하게."

윈드렉스가 걱정하는 반면 사이악스는 자신을 강제로 잡아끄는 형제의 힘에 갑자기 저항하며 소리쳤다.

"프라이오스여, 저들을 격퇴할 때 얻게 될 자료를 나에게 전해주게! 다른 형제들보다 먼저, 비밀스럽게 말일세! 하하하하!"

우주가 떠나가도록 소리를 지른 사이악스는 결국 윈드렉

스에게 잡아끌려 어디론가 사라졌다.

형제들이 모두 사라진 뒤, 프라이오스의 가면에서 붉은 색의 빛이 봇물처럼 터졌다.

"나의 존경스러운 형제는 의외로 도움이 필요한 일면을 가지고 있지. 쉽게 말해줄까? 그냥 좀 미쳤어. 안 좋은 꼴을 보여줘서 미안하군."

우주의 전 방향으로부터 닥쳐온 프라이오스의 힘에 사냥꾼들은 비웃음을 멈추고 저항했다.

그 세 개체의 사냥꾼 중 하나가 여태껏 보고되지 않은 공격을 프라이오스에게 날렸다.

모든 질량을 제거해 버리는 괴이한 공격이었다. 그 공격에 휘말린 행성들이 깔끔히 사라지는 것을 본 프라이오스는 오른손을 뻗어 그 공격을 받아내었다.

프라이오스의 손에 존재하는 질량조차도 그 힘에는 소멸되었으나 재생되는 속도가 더 빨라서 그의 손에는 변화가 거의 없었다.

"질량소멸도 가능하단 말인가? 훌륭하군."

그 공격을 한순간에 차단해 버린 프라이오스는 다시 왼손을 뻗었다.

사냥꾼들이 사용한 것보다 더 큰 질량소멸의 힘이 마치 회오리바람처럼 격렬하게 터져 나왔다.

"앞으로 잘 써주마."

프라이오스는 힘을 방출하면서 자신의 존재를 명확하게 드러냈다.

무려 120만 광년이 넘어가는 그의 모습이 드러나는 순간 사냥꾼들은 힘없이 연소되어 자신이 존재하고 있던 우주의 일부와 함께 말끔히 사라졌다.

"몇 번이고 도전해라, 얼간이들. 그 횟수만큼 분쇄해 주마."

힘을 거두고 우주를 수습한 프라이오스는 그 불쾌한 자리를 떠났다.

* * *

아네라라는 이름의 종족과 처음 접촉한 프라이오스는 예상치 못한 강적과 만나고 말았다.

하얀 우주의 의지.

그를 숙적으로 규정지은 프라이오스는 극도로 분노한 끝에 자신과 자신의 형제들, 그리고 동포들이 키워온 우주를 자신의 끝없는 힘으로 한순간에 짓밟았다.

모든 일이 주인에 의해 정리된 뒤, 프라이오스는 정신없이 본거지로 돌아왔다.

그는 한자리에 모여 자신을 마중 나온 어린 동포들의 모습에 잠깐 할 말을 잃었다.

침묵이 한참 흘렀으나 이윽고 프라이오스가 고개를 숙이고 말았다.

"미안하군, 어린 동포들이여. 나는 본분을 다하지 못했네."

"아닙니다, 프라이오스 님!"

"들어보게."

프라이오스는 손을 내밀어 자신에게 다가오려는 동포들을 막았다.

"나는 수호자를, 프라임을, 그리고 자네들과 함께 있을 자격을 스스로 소원하여 포기하려 했다네. 그러나 주인께서는 나의 소원을 들어주시지 않았고 결국 난 이곳에 돌아올 수밖에 없었네. 이보다 면목이 없고 부끄러운 죄는 존재하지 않겠지."

"……."

그의 동포 전원이 말을 꺼내지 못했다.

프라이오스에게 아쉬움을 느껴서가 아니었다.

그들은 프라이오스가 자신들과 함께 있다는 사실을 유일한 위안거리로 삼은 채 시간을 보내고 있음을 알고 있었다.

프라이오스가 외롭다거나 고민이 많다는 말을 직접적으

로 꺼낸 적은 한 번도 없었지만 다른 프라임들과 달리 무의식적인 몸짓이나 버릇을 감추진 않았다.

그로 인해 프라이오스의 어린 동포들은 그가 어떤 생각을 하는지, 그리고 자신들을 얼마나 소중히 여기는지 매번 실감할 수 있었다.

그래서 그들은 프라이오스를 존경했고 자랑스러워했으며 또한 피를 나눈 가족 이상으로 그를 사랑했다.

그런 그들에게 있어서 방금 프라이오스가 내뱉은 말과 보여준 행동은 가슴을 찢는 안타까움의 갈고리였다.

그때, 경작지에서 프라이오스를 제외하고 가장 오랜 시간을 살아온 존재가 성큼성큼 앞으로 나오더니 프라이오스의 가면을 손바닥으로 후려쳤다.

불의의 사고로 수많은 선배를 잃으며 살아남아 온 그 최고참은 붉은색 망토와 두건을 썼고 또한 해골의 모양을 가면에 새기고 있었다.

그 후려침 한 방에 최고참은 팔목이 부러졌으나 통증조차도 그녀의 분노를 제어하지 못했다.

"우리뿐만 아니라 일찍이 세상을 떠난 선배님들까지도 프라임께서 얼마나 무능하신 경작지 사령관인지 잘 알고 있었습니다! 그래서 충성심만으로는 비롯되지 않는 무모한 짓들을 서슴지 않았고 그 과정에서 많은 선배님과 후배들이 우리의 곁을 떠났습니다! 프라임께서는 이유를 아십니까?"

"……."

"당신은 우주 전체의 수호자입니다! 당신의 손이 더러워지는 것도 서슴지 않고 아우터 갓과 사냥꾼들로부터 수많은 존재를 지켜내고 계시는 분이란 말입니다! 우리는 그러한 분께서 고작 경작지의 사소한 일 때문에 다른 애송이 프라임들에게 망신을 당하시는 모습을 상상조차 하기 싫었습니다! 그런데 자부심을 초월한 애정의 대가가 이것입니까?"

그녀의 질문에 프라이오스는 사과도, 변명도 하지 못했다.

"왜 그렇게 솔직하신 겁니까! 다른 프라임들처럼 허세라도 부리시어 좀 더 당당한 모습을 보이시란 말입니다!"

"나에게 꾸밈이 필요하다면 우주의 수호도 겨우 그 정도의 일이겠지."

프라이오스는 고개를 저으며 그녀의 부러진 손목을 잡았다.

"그렇지 않다는 것을 모두 알기에 누구의 명령도 받지 않고 이 자리에 있는 것이 아닐까?"

손상된 부분을 재생시켜 준 프라이오스는 그녀를 놓아준

후 굳게 팔짱을 꼈다.

"그렇게 생각해 줬다면 더 이상 이해를 바랄 필요는 없겠군. 어린 동포들이여, 지금까지와 마찬가지로 나를 도와주게. 나도 나의 본분을 다하도록 하겠네."

프라이오스가 기운을 차린 모습을 본 경작자들은 하나같이 기뻐하고 안도했다.

"하지만 아네라가 아직 남아 있네. 물론 나 혼자 그들을 처벌할 생각은 없네. 다른 애송이들… 아니, 프라임들과 이야기를 나누어 결론을 지을 것이네."

"프라임이시여."

방금 그를 때렸다가 부상을 입었던 해골 무늬의 가면의 최고참이 그를 불렀다.

"아네라라는 존재 이상의 거대한 문제가 있는 것입니까?"

프라이오스는 뜨끔했다.

"어째서 그렇게 생각했는가?"

"그게 아니라면 프라임께서 그 극소수의 어리석음을 벌하시지 못하고 급기야 우주를 망가뜨리실 리가 없지 않습니까?"

프라이오스는 자못 놀랐다.

'여왕 계급으로 올라가서 그런가? 왠지 감이 더 좋아진

것 같군. 아니, 전생 때도 이상하게 감이 좋긴 했지.'

그는 다른 동포들을 쭉 둘러봤다.

그 최고참뿐만 아니라 불과 얼마 전에 들어온 신참들까지도 같은 질문을 머릿속에 품고 있었다.

'아니, 내가 둔감한 것이군.'

프라이오스는 그들에게 더 이상 걱정을 끼칠 수가 없었다.

"짚고 넘어가지. 내가 미친 짓을 한 것일 뿐일세. 더 이상의 질문은 듣지 않겠네."

그 말을 듣고 모든 경작자가 확신했다.

'역시 배후 세력이 있었군.'

질문을 듣지 않겠다는 프라이오스의 말은 그들에게 있어서 제발 질문하지 말아달라는 애원으로밖에 들리지 않았다.

* * *

표본으로서 프라임들의 회의장에 끌려 온 아네라의 족장들은 마치 죽은 듯 꼼짝도 못하고 있었다.

아네라들이 보고 있는 프라임들은 상식을 아득히 초월한 존재였다.

힘의 강약과 규모, 범위는 사소한 문제였다.

프라임들의 복장이나 가면 등은 과학적인 연대계측을 시도했을 때 무려 '마이너스' 라는, 도저히 있을 수 없는 결과를 내뿜고 있었다. 또한 인과율, 즉 존재의 원인과 결과마저도 확인이 불가능했다.

'존재해서는 안 되는데 존재하고 있는 자들' 이라는 비과학적인 결론만이 아네라의 족장들을 괴롭혔다.

프라임들에게서 풀려난 뒤, 족장 중에 한 명이 다른 이들에게 말했다.

"프라임이라는 존재들 말일세, 혹시 미래에서 이곳으로 온 게 아닐까?"

"무슨 말인가?"

"그게 아니라면 연대계측에서 나온 마이너스 결과를 설명할 수 없지 않나?"

족장들은 일제히 고개를 흔들었다. 더 이상 프라임들에 관한 고민을 하기 싫다는 뜻이었다.

"미래에서 왔든 과거에서 왔든 그들이 우리의 목에 줄을 달아버렸다는 사실은 변함이 없네. 터무니없는 괴물들을 상전으로 두게 됐군."

"아우터 갓이나 엘더 갓들이 경작자들에 대해 이야기할 때 왜 똥을 싸듯 빌빌거렸는지 이해할 것 같아."

족장들은 침묵으로 그 거친 말에 동의했다.

* * *

"프라임이시여."

아우터 갓, 무한의 침묵이 일으킨 사건을 정리하고 1번 경작지의 본거지로 돌아온 해골의 엠프레스는 앞서 걷고 있는 프라이오스를 불렀다.

"무슨 일인가?"

프라이오스가 돌아서자 그녀가 물었다.

"프라임께서 무한의 침묵에게 하신 말씀이 제 가슴에 남은 채로 잊히지 않습니다."

"내가 무슨 말을 했었지?"

"사명감을 갖고 되돌아온 신들을 어린 동포라 부른다는 말씀 말입니다."

"그 말이 그리도 멋지게 들렸나?"

프라이오스가 웃었다. 그러나 엠프레스는 그의 허가도 없이 가면을 벗고 자신의 얼굴을 드러냈다.

"저는 어떤 존재였습니까? 프라임께서는 아실 것이라 생각합니다."

"글쎄?"

프라이오스는 그녀가 더 이상 추궁하지 말기를 바랐으나 이미 폭발한 엠프레스의 감정 앞에서는 무의미했다.

"모르실 리가 없지요. 저는 아직도 기억합니다. 제가 우리 경작지에 처음 왔을 때 프라임께서는 제 가면에 새긴 무늬를 보고 마음에 든다 하셨지요. 분명 저의 과거를 알기에 그러셨으리라 생각합니다."

"오해일세."

"진담이십니까? 당시 선배님들께서도 프라임께서 그리 말씀하신 것은 처음이었다고 하셨습니다!"

그 목소리가 본거지의 대형 로비에까지 전해졌다.

로비에서 쉬고 있던 온갖 계급의 경작자들이 상당히 놀란 몸짓으로 뛰어 나왔다.

"아무 일도 아닐세."

프라이오스는 그리 말하여 모두를 진정시키려 했으나 엠프레스가 가면을 벗은 채 상기된 표정을 드러낸 사건은 그냥 덮을 수 있는 일이 아니었다.

"내 방으로 가세."

프라이오스는 그녀의 손을 잡고 그 자리에서 사라졌다.

엠프레스와 함께 자신의 방으로 이동한 프라이오스는 한숨을 쉬며 의자에 앉았다. 엠프레스는 자신의 가면을 왼손에 든 채 가만히 서 있었다.

감정적으로 긴장되어 그런 것도 있었지만 프라이오스의 방에는 그의 의자 외엔 특별히 앉아서 쉴 만한 가구가 없었다.

"자네 말대로 난 자네의 과거를 알고 있네."

프라이오스는 바로 본론에 들어갔다.

"그러나 나에게는 그에 대한 이야기를 해줄 자격이 없다네."

"또 자격과 본분입니까?"

엠프레스가 자신의 가면을 꽉 쥐며 따지자 프라이오스는 고개를 흔들었다.

"아닐세. 나 역시 내 과거를 모른다네. 내 기억은 주인님을 처음 뵈었을 때, 정확히는 주인님을 섭취하기 위해 모여든 아우터 갓들의 구역질 나는 모습을 보는 것으로 시작되었지. 그 이전의 일은 아무것도 기억나지 않는다네."

"프라임이시여?"

프라이오스까지 그러한 기억의 소실이 존재한다는 것을 처음 알게 된 해골의 엠프레스는 굉장히 놀라워했다.

"나에게 과거가 있었는지, 아니면 정말 그 순간부터 나의 모든 것이 시작되었는지는 아직도 주인께서 말씀해 주시지 않고 있다네. 그러나 그것이 나와 다른 이들을 위한 일이라면 나 역시 자네들의 과거를 청산해 주신 주인님의 뜻을 따라야 옳겠지. 내가 판단할 문제는 아니라고 생각하네."

"하지만……!"

"또 하나."

프라이오스가 얼른 그녀의 말을 끊었다.

"자네들의 과거가 청산되기 위한 첫 번째 조건은 바로 본인의 의지일세. 지금 이 상황은 주인께서 과거의 자네를 협박하신 것이 아니라 과거의 자네가 주인께 소원한 것이라는 뜻일세. 내가 다른 신들의 청산 과정을 직접 봤기에 이 이야기에 거짓은 없네."

"그렇다면 저는……."

분위기가 많이 누그러진 해골의 엠프레스는 걱정스러운 표정으로 그에게 다가갔다.

"혹시라도 당신께 복수심을 품은 채로 이곳에 돌아온 것은 아닐런지요? 그것이 걱정되어 견딜 수가 없었습니다."

그녀가 따지고 들어온 이유를 알게 된 프라이오스는 내심 안도하며 손을 저었다.

"그러한 생각을 품은 자는 애초에 주인님을 뵐 수도 없다네. 그리고 자네는 과거에 나와 함께 우주에서 성운을…아."

엉겁결에 말을 내뱉은 프라이오스와 자신도 모르게 들어버린 엠프레스 모두 바짝 굳어졌다.

"지금과 다를 건 없었군요."

엠프레스가 멋쩍게 웃었다.

"모른다고 했을 텐데?"

"알겠습니다. 프라임이시여."

만족한 표정의 엠프레스가 손에 들고 있던 가면을 다시 쓰고 망토에 달린 두건을 덮었다.

"개인적인 일로 난동을 부린 점, 깊게 사죄드립니다."

"알았으니 다른 동포들을 좀 진정시켜 주게. 다들 놀랐더군."

"예, 프라임이시여."

그녀가 방을 나선 뒤, 프라이오스는 큰 숨을 터뜨리며 자신의 가면 위에 손을 덮었다.

"죄송하다는 말로 안 끝나는 일이 세상엔 참으로 많단 말일세."

그러면서 그는 생각했다.

'진실로, 난 누구였을까?'

형제와 동포들이 생긴 이후로는 해본 적이 없는 고민이 프라이오스를 잠깐 짓눌렀다.

* * *

그날, 프라이오스는 결국 만나고 말았다.

"프라이오스라고 한다. 리오 스나이퍼여."

"후, 만나서 반갑군."

그의 태도에 프라이오스의 가면에서 황금색의 빛이 쏟아졌다.

"과연, 사이악스의 말대로 배짱 하나는 비정상적인 놈이군. 하지만 적대감도 없는 상대에게 모든 것을 내던지는 듯한 태도는 삼가라."

"무슨 의미지?"

"목숨을 소중히 하라는 뜻이다."

프라이오스는 리오를 침대 위에 다시 내려놓았다.

"친절하시군. 혹시 나한테 빚진 거라도 있나?"

"자신을 아끼는 것은 살아 있는 자의 기본이 아닌가?"

그는 지금 돌아가는 상황을 이해하지 못하겠다는 상대의 표정을 보며 과거의 자신을 떠올렸다.

'그때 나도 저런 꼴이었겠군.'

프라이오스는 자신의 모습을 제대로 인식하지 못하고 있는 상대에게 다시 손을 내밀었다.

"시신경의 복구가 아직 덜 됐나 보군. 내가 만져 주지."

황색의 빛이 프라이오스의 손을 떠나 리오의 얼굴에 쏟아졌다.

'이제야 당신의 뜻을 이해했습니다, 주인이시여.'

아직 멀었다는 속삭임이 프라이오스의 감각을 자극했다.

* * *

그는 이제 자신이 무엇을 보게 될지 희미하게 알고 있었다.

물론 명확하진 않았다. 그는 답을 알고 싶었으나 주인은 그로 하여금 스스로 진실을 깨달을 수 있도록 침묵을 지켰고 프라이오스 역시 입을 다문 채 안개로 뿌연 계곡을 지나듯 시간의 흐름에 스스로를 맡겼다.

그리고 그는 결국 자신이 숙적으로 삼은 존재, 하얀 우주의 의지와 다시 만나게 되었다.

"지금 그대가 신경 써야 할 사실은 딱 두 가지다, 하얀 우주의 의지여. 그대는 내 동포를 공격했고 난 그런 일을 그냥 넘어간 적이 한 번도 없었지."

하얀 우주의 의지가 격분하여 하이볼크의 신계를 모조리 날리기 직전, 프라이오스는 자신이 왜 이때에 맞춰 이곳에 도착했는지 깨달았다.

반드시 그래야만 하도록 모든 것이 짜 맞춰져 있는 느낌이었다.

“그래, 알고 있어. 넌 그런 성분이니까.”

하얀 우주의 의지는 확연한 불쾌감을 프라이오스에게 전달했다.

“네가 아네라의 팜블러드에게 내 동포들을 팔아넘겼을 때를 기억하나? 난 이번에도 너를 용서하지 않을 것이다.”

프라이오스는 지금 당장이 아니더라도 가까운 시일 내에 저 존재를 끝낼 수 있을 것이라 확신했다.

하지만 그것으로 하얀색 우주와 자신들의 악연이 끝날 것이라 생각하진 않았다.

“호오, 또 나를 찾겠다며 우주를 뒤집어놓을 생각인가?”

하얀 우주의 의지가 물었다.

프라이오스는 앞에 쓰러져 있는 어린 루이체를 주워 품에 소중히 안은 뒤 가면의 빛을 더욱 증폭시켰다.

“네 걱정이나 해라, 하얀 우주의 의지여.”

루이체의 금발이 오랫동안 관리를 하지 않아 은색으로 변해 버린 프라이오스의 팔 보호구 위를 뒤덮고 있었다.

그제야 시간의 흐름을 깨달은 프라이오스는 또 다른 루이체, 즉 본래 이 세계에 있던 루이체 쪽으로 고개를 돌렸다.

‘이 아이가 제대로 자랐다면 저러한 모습이 되었겠지.’

프라이오스는 루이체가 짊어진 운명이 마음에 들지 않

았다.

'우리의 어리석음이 이 소녀의 운명을 엉망으로 만든 것인가? 아니면 우리의 또 다른 전환점인가?'

다시 숙적에게 고개를 돌린 프라이오스는 가면의 틈새로부터 붉은색의 빛을 내뿜었다.

'아쉽지만 이번에도 놈을 놓칠 것 같군.'

프라이오스는 화가 났지만 집착하지 않기로 마음먹었다.

상황은 그에게 너무나 불리했다. 프라이오스는 품에 안고 있는 아이를 무조건 지켜야 했고 상대는 단기간이나마 프라임과 동등한 힘을 낼 수 있는 무시무시한 존재였다.

'하지만 전투를 피하고 싶은 것은 오히려 저 녀석이겠지. 상황 파악을 못하여 허둥거리는 것이 눈에 보일 정도니까.'

결판이 나는 장소는 이곳이 아니었다. 희박한 기억이 그 사실을 프라이오스에게 알려주고 있었다.

* * *

프라이오스는 리오가, 자신의 과거가 하얀 우주의 의지에게 소멸하는 순간을 똑똑히 확인했다.

루이체와 함께 그 모습을 본 프라이오스는 속으로 스스로를 비웃었다.

'내가 저렇게 무모했었군.'

루이체만이 그를 물끄러미 올려다볼 뿐, 의식을 잃은 채 쓰러진 다른 이들은 꼼짝도 하지 못했다.

"주인님! 주인님! 리오 스나이퍼!"

일행 중 유일하게 정신이 멀쩡한 아테나는 이성을 잃은 채로 소리쳤으나 하얀 우주의 의지에 의해 억압된 그녀의 몸은 움직여 주지 않았다.

하얀 우주의 의지는 불편한 표정으로 프라이오스를 봤다.

"하아, 기분이 안 풀리는군. 아무튼 이제 너와 나의 계산만이 남은 것 같구나, 프라이오스여. 알다시피 난 지금 기분이 매우 안 좋아."

"오래전에 말했을 것이다, 숙적이여. 널 없애 버리겠다고."

"아아, 그랬지."

프라이오스의 가면에서 붉은빛이 흘러나왔다.

"그리고 방금 전에도 말했지. 널 없애 버리겠다고, 유령녀석."

"…뭐?"

하얀 우주의 의지가 그 흐늘거림을 잊고 굳어졌다.

"군신이여."

갑자기 들린 '리오'의 목소리에 아테나가 깜짝 놀랐다.

프라이오스는 그녀의 어깨에 손을 얹어 결박을 풀어준 뒤 그녀가 돌아보는 앞에서 자신의 가면을 벗었다.

검은색의 머리카락이 그의 하얀색 망토 위를 단숨에 뒤덮었다.

그가 가면을 벗은 모습을 목격했던 루이체는 가만히 있었으나 아테나는 벗겨진 가면에서 드러나는 리오의 얼굴을 보고 기가 찬 나머지 눈을 부릅뜨며 뚜렷한 살기를 드러냈다.

"이 상황에서 저를 농락하시려는 겁니까? 실망입니다! 저열하시군요!"

프라임들이 대부분의 현실을 완벽하게 조작할 수 있다는 사실 때문에 그녀는 자신이 본 것을 전혀 믿을 수가 없었다.

"지금 당신을 농락하여 내가 얻을 것은 아무것도 없소. 난 그냥… 약간 좀 변했을 뿐이오."

모습만이 아니라 가면을 썼을 때의 목소리도, 그리고 성격도 제법 달라졌지만 리오 본인이 느끼는 차이점은 겨우 그 정도였다.

그만큼 긴 시간 동안 과거로부터 격리되었으니 그렇게 느끼는 것은 어쩔 수 없었다.

하지만 아테나는 용서할 수 없었다.

"이해할 수 없습니다! 제가 아는 분은 방금 전에 소멸하셨는데, 실은 얼마나 오랫동안 살아왔는지 가늠하기도 힘든 존재였다는 사실을 제가 받아들일 수 있을 것 같습니까?"

"나도 터무니없다는 사실을 알고 있소. 하지만 증명할 방법도, 장소도 마땅치 않구려."

자신이 가진 기억을 정보화하여 전달하는 방법도 있었지만 그 정보량이 세월만큼 방대하기에 아테나가 그 부담을 이기지 못하여 붕괴될 수도 있었다.

그는 안타까웠으나 어쩔 수 없었다. 그가 감지하는 아테나의 감정 상태는 말 그대로 대혼란이었다.

"저어……."

루이체가 뭐라 말을 하려 하자 리오는 동생의 어깨를 잡았다.

[네가 나설 필요는 없단다. 내가 괜한 행동을 한 것 같구나.]

방금 전에 사라진 리오에게는 거리낌 없이 얘기를 했던 루이체였으나 프라이오스로서 끝없이 살아온 끝에 돌아온 리오에게는 말을 함부로 할 수가 없었다.

분위기는 물론 리오의 철학이나 가치관 자체가 바뀌었음

을 직감한 탓이었다.

그가 설득을 포기하고 가면을 다시 쓰려고 할 때였다.

가면을 벗는 프라임의 모습을 흥미롭게 지켜보던 하얀 우주의 의지가 갑자기 폭소를 터뜨렸다.

"네놈과 다른 프라임들 사이에 제작 방식의 차이가 있을 것이라는 가설은 세워봤었지만 그 진실이 이것이었군! 내가 널 만들었던 거야!"

혼란스럽기만 하던 아테나의 의식이 또렷해진 것은 그 말을 들은 후였다.

"아카식 레코드를 이용한 격파 기술에 실제로 당하여 인과율로부터 이탈당한 존재는 현 시점에서 전 우주에 너뿐이지! 과거도, 현재도, 미래도 아닌 주인에게 감지되기에 딱 좋은 재료가 된 거야!"

하얀 우주의 의지가 웃음소리를 멈추고 격분했다.

"분명 넌 처음부터 자신에게 주어진 능력을 온전히 활용할 수 있었을 것이야! 구체적인 자아를 가진 존재를 기초로 삼은 만큼 그 나약한 아우터 갓을 앞에 두고도 쩔쩔매던 세타로스 프라임과는 차원이 달랐겠지! 싸움꾼으로서 수천 년이 넘는 실전 경험을 쌓은 네놈과 그 애송이들이 같을 수는 없을 테니까!"

"좋아 죽으려고 하는군."

리오가 쓴웃음을 지었다.

"당연하지! 지금 증명될 줄은 몰랐으니까! 네놈이라는 최종방어체계를 이 세계에 존재케 한 근원이 바로 나란 말이다! 나와 주인이 저지른 터무니없는 간섭의 결과가 이것이란 말인가, 프라이오스여? 아니, 지금은 리오 스나이퍼라 불러줄까? 그 이름을 듣고 싶어 하는 표정을 짓고 있군!"

그러나 리오는 자신의 숙적을 잠시 무시해 버렸다.

혼란에서 의식을 수습한 아테나가 그에게 접촉했기 때문이다.

"저를 얼마나 부끄럽게 만드실 생각이십니까?"

아테나는 고개를 숙인 채 손이 부서져라 그의 망토를 붙들고 있었다.

리오는 망토를 쥔 그녀의 왼손을 자신의 오른손으로 감쌌다.

"군신이여. 나는 불과 며칠 전에 당신과 마주했을 때도 당신을 알아보지 못했소. 소멸되기 전의 기억을 완전히 되찾은 것은 불과 몇 분 전이라오."

"그래도 저는 당신을 알아봤어야 했습니다. 이제는 당신과 함께하기는커녕 면목도 없는 존재가 되고 말았습니다. 가슴속에 남은 것이 아무것도 없군요. 저는 우주와 함께 시간을 보내고 돌아온 당신을 반겨 드릴 수가 없습니다."

"반가움과 아쉬움은 나중에 나눕시다. 나의 군신이여."

더 이상 얼굴을 드러낼 이유가 없어진 리오는 다시 가면을 쓰고 프라이오스의 모습으로 돌아갔다.

"숙적이 나를 기다리고 있소. 얼마 안 걸릴 것이오."

그 말을 남긴 뒤 리오는, 프라이오스는 하얀 우주의 의지가 있는 곳을 향해 걸어갔다.

하얀 우주의 의지는 두 팔을 당당히 벌리며 그를 환영했다.

종장

불멸의 이야기

GodsKnightR

프라이오스는 비그리드 평원에 있는 모든 존재에게 방어 수단을 적용했다. 자신은 몰라도 하얀 우주의 의지가 사용할 모든 공격은 붕괴 중인 위그드라실을 지워 버리는 것은 물론 하이볼크의 신계까지도 손쉽게 망가뜨릴 수가 있었다.

"숙적이여, 너에게 한 가지 말하고 싶은 것이 있구나."

하얀 우주의 의지가 말했다. 그는 프라이오스도 처음 감지하는 방식의 힘을 극도로 위험한 수준까지 끌어 올리고 있었다.

"말하라. 대신 짧게."

"이 우주에서 나를 가장 오랫동안 기억하고 있는 존재는 아마 네놈일 것이다. 주인은 실제로 만난 적이 없으니 인연이라고 할 수는 없겠지."

"그렇군. 주인님과 형제들, 동포들을 제외하고 가장 오랫동안 고민한 존재가 네놈이긴 하지. 일종의 친구라면 친구일 수도 있겠군. 기분이 더러운 것 빼고는 말이야."

프라이오스도 각종 방어수단을 자신에게 완벽히 적용시켰다.

하얀 우주의 의지는 두 눈의 형태를 곡선으로 바꿨다.

"후후, 친구여. 막상 헤어질 생각을 하니 아쉽군. 하지만 네놈이 사라지는 순간 내가 누릴 기쁨은 그보다 몇억 배 더 클 것이다!"

하얀 우주의 의지가 내민 손바닥의, 정확히는 손바닥의 모양을 한 몸의 일부에서 어떤 힘의 수축과 팽창이 거칠게 반복되었다.

프라이오스는 그 공격을 몸으로 받아낼 준비를 했다.

"아주 오래전에도 말했을 것이다, 나의 하얗고 가련한 친구여. 네 사고 구조는 하얀색의 우주보다 이쪽 우주에 가까워졌어."

"그래, 이 기분! 이것이 검은색 우주에서 말하는 쾌감일 것이다, 마음에 안 드는 친구여! 그 무엇도 너를 찾아낼 수 없을 것이다! 주인도, 네 형제도, 네 동포도, 그리고 다시 되찾은 이 세계의 친구들까지도!"

하얀 우주의 의지가 발동시킨 힘이 프라이오스의 주변에 검은색 공간을 만들었다.

그 공간은 프라이오스를 단숨에 집어삼켰다. 프라이오스는 보호 수단을 사용하여 그에 저항하려 했으나 그 검은색의 공간은 모든 것을 무시하고 그를 가둬 버렸다.

"인과율에서 벗어난 존재를 가두는 것은 인과율의 근본에 가까운 힘이겠지! 아카식 레코드가 나에게 가르쳐 준 방법이다! 잘 가라, 프라이오스여! 영원히 그 어둠 속에서 떠돌아다녀라!"

하얀 우주의 의지가 두 손을 거머쥐며 기뻐했다.

하지만 아테나와 루이체는 놀라거나 걱정하지 않았다. 그들은 그저 프라이오스가, 리오가 사라진 장소를 가만히 지켜보기만 했다.

"어째서 그런 표정인 것이냐?"

하얀 우주의 의지가 그 둘을 향해 소리쳤다.

"좀 더 괴로워하란 말이다!"

그러자 루이체가 피식 웃었다.

"저는 앞으로 무엇을 본다고 해도 놀라지 않을 거예요.

당신도 대비해 두세요."

이어서 아테나가 투구를 벗으며 말했다.

"과연, 당신의 말대로 인과율이 깨지면서 누가 어떻게 됐는지 기억도 나지 않는군요. 하지만 제 마음에 생긴 허전함은 무엇일까요?"

"……."

"아마도 누군가가 돌아올 자리겠지요."

아테나는 가슴 보호구 위에 손을 얹었다.

"이 아테나, 군신의 자리에서 내려와 기다림의 즐거움을 만끽하겠습니다."

그들의 태도에 하얀 우주의 의지가 다시 분노했다.

"불길한 말을 하는군! 지금 당장 없애주마!"

퀭하게 뚫린 그의 두 눈 깊은 곳에서 명백한 살해 의도를 가진 빛이 광적으로 빛났다.

*　*　*

하얀 우주의 말대로 새카만 공간에 갇혀 버린 프라이오스는 빛의 근원을 만들어 주변을 밝혀보려 했으나 의미가 없었다.

반응하는 물체가 프라이오스 자신뿐이어서 주변은 여전

히 어둡기만 했다.

'우주의 상식마저 통하지 않는 장소로군.'

빛을 손에서 거둔 프라이오스는 난감한 몸짓으로 가면 밑을 만졌다.

'그냥 피할 걸 그랬나? 어쩌지?'

곤란함에 빠진 프라이오스의 눈앞에 푸른색의 작은 불꽃이 나타났다. 그 불꽃 옆으로 또 다른 불꽃들이 옹기종기 피어올랐다.

그 불꽃은 의지를 갖고 있었다.

"너는… 아니, 당신은 설마?"

프라이오스는 그 불꽃의 이야기와 자신의 옛 기억을 조합하여 한 가지 사실을 깨달았다.

그들은 그가 하이볼크와 처음 만난 이후 처음으로 구조한 중년의 여성과 그 아이들이었다.

"그 이후로는 큰길로만 다녔습니까? 잘하셨군요. 아이들도 잘 컸네요. 다행입니다."

이후 불꽃들이 끊임없이 피어올랐다.

두 줄로 어딘가를 향해 길게 늘어선 그 불꽃들의 모습은 하나의 길과도 같았다.

프라이오스는 그 길을 따라 걸으며 중얼거렸다.

"그래, 당신도 기억해. 야수의 둥지 속에 거꾸로 매달려 있던 것을 내가 구했지. 당신도 마찬가지야. 아, 그래? 그 이후로 결혼을 해서 애를 넷이나 낳았다고? 힘도 좋군. 당신은 왕이 됐고, 또 당신은… 아, 그래. 영웅이라고 해서 꼭 대우를 받는 건 아니지. 하지만 명예롭게 죽었군. 그렇게 죽기도 쉽지 않지."

프라이오스를 이끌고 있는 것은 그가 리오로서 아무런 대가 없이 구해냈던 자들의 영혼이었다.

"나의 하얗고 가련한 친구가 그 무엇도 나를 구해내지 못할 거라 했지. 하지만 이들에 대한 것까지는 몰랐던 것 같군."

걷던 도중 프라이오스가 멈추고 말았다.

"잘 모르겠어. 난 정말 당신들에게 해준 것이 아무것도 없다고. 그냥 검을 몇 번 휘둘렀을 뿐이야."

그를 재촉하듯, 유일하게 붉은색을 띤 불꽃이 그의 앞으로 왔다.

"…슈렌? 내가 있던 세계의 슈렌?"

그 불꽃이 긍정을 뜻하듯 한 번 반짝거렸다.

"그래, 루이체는 건강해. 지나치게 건강해져 버렸지. 하지만 보지 말아야 할 것들을 너무 많이 봐버렸어."

붉은 불꽃이 몇 차례 반짝거렸다. 프라이오스는 웃음을 터뜨렸다.

"맞아. 우리의 소중한 동생이자 영리한 아이지. 분명 큰 일을 해낼 거야. 하지만 네가 미안해할 일이 아니잖아?"

불꽃이 은은하게 빛났다.

"너도 주인을 만났다고? 소원을 빌었어? 상식을 벗어난 일조차 극복할 수 있는 힘을 나에게 부여해 달라고 했단 말이야?"

프라이오스는 주먹으로 불꽃을 눌렀다.

"망할 녀석, 네가 날 이렇게 만든 거군."

프라이오스는 계속해서 모이고 피어올라 이어지는 인연의 불꽃들을, 그들이 만들어온 길을 뿌듯하게 지켜봤다.

"글러먹은 인생을 산 건 아니었군."

슈렌의 불꽃이 그의 주먹에 옮겨 붙은 후 그를 잡아당겼다.

"그래, 빨리 가야지. 하지만 걱정하지 마. 네가 모르는 시간 동안 뒤치다꺼리를 해온 보답도 받을 테니까."

안도하듯, 슈렌의 불꽃이 잔잔해졌다.

보답의 길을 따라 달리던 프라이오스는 이윽고 온몸에 빛을 받았다.

하얀 우주의 의지가 만든 아카식 레코드의 절망으로부터 완전히 벗어나 본래의 자리로 돌아온 것이다.

루이체와 아테나를 목격한 그는 슈렌의 불꽃이 있던 자

신의 손으로부터 눈을 돌려 뒤를 돌아봤다.

그의 형제들, 프라임의 대부분이 힘을 모아 하얀 우주의 의지를 압박하고 있었다.

그 안에는 사이악스도 껴 있었다.

"돌아왔군, 존경하는 나의 큰형이여."

"그렇다네. 기분 좋은 휴가였지."

프라이오스는 사이악스에게 걸어간 후 손으로 그의 가면을, 인간으로 치자면 뺨이 있어야 할 부분을 후려쳤다.

"3번 경작지에서 별의별 미친 짓을 다 했더군. 자네에게는 앞으로도 깊은 관심이 따를 것이네."

제법 큰 충격을 입었는지 사이악스는 무릎이 꺾인 채 잠시 동안 비틀거렸다.

"드디어 나도 자네에게 얻어맞는군. 신선해!"

"기분이 나쁜가?"

"자네에게 얻어맞지 않은 형제는 나 혼자였지. 너무 좋아."

"앞으로 자네만 때려주겠네. 회의장 주변은 어떻게 됐나? 뉴트라이스도 보이지 않는데?"

"확실히 정리했다네. 뉴트라이스와 그의 동포들이 그곳을 지키고 있지. 나중에 이곳에서 일어난 일을 영상으로 보여달라 하더군."

사이악스의 대답에 프라이오스의 가면 틈새로 붉은빛이 스쳤다.

"영상 얘기만 안 했으면 감동했을 텐데 말이지."

그는 프라임들 가운데 가장 키가 작은 존재, 세타로스를 향해 손짓했다.

"이쪽으로 오게, 세타로스여."

다른 형제들과 함께 하얀 우주의 의지를 억압하고 있던 세타로스가 즉시 손을 거두고 그의 앞으로 이동했다.

"말씀하시게, 큰오라버니여."

오라버니라는 말에 루이체가 움찔했다.

"윈드렉스의 모든 권한을 이어받은 아이가 저기 있다네. 다친 곳은 없는지 확인해 주게."

세타로스가 루이체를 봤다.

"프라임이 다칠 리가 없지 않나?"

"몸은 그렇지만 마음이 다치더군. 저 미친놈… 아니, 도움이 필요한 우리 형제 사이악스만 봐도 알 수 있지 않나?"

"아하."

세타로스는 이해했다는 듯 감탄을 터뜨리며 끄덕거렸다. 동시에 프라임 중 몇몇도 웃음을 참지 못해 실소를 흘리고 말았다.

"음, 그런데 저 아이와 나의 관계는 어찌되는 건가?"

"막내 여동생? 일단 내 동생이니까."

"오, 내가 드디어 언니라고 불리게 되는 날이 왔군! 나의 어린 동포들과 엠프레스는 전혀 안 해준다네!"

"……."

프라이오스는 신이 난 세타로스에게 긴 말을 할 수가 없었다.

"좋아, 내가 우리 막내 여동생을 밀착해서 보호하도록 하지! 그럼 옆에 있는 신은? 기억을 지우면 되나?"

그녀가 아테나를 가리켰다.

프라이오스는 바로 고개를 흔들었다.

"나와 주인님 모두에게 인연이 있는 분일세. 앞으로도 자주 만나게 될 것이네."

"자주? 설마 데려가려고?"

"아우터 갓… 아니, 이제는 엘더 갓이라 해야 하나? 아무튼 문제는 없다네."

"아니, 그건 봐서 알겠지만… 오라버니의 엠프레스가 가만히 있지 않을 것 같은데?"

"어떻게든 되겠지."

"하반신으로 우주를 정복하려 하는군."

"……."

프라이오스가 손바닥으로 세타로스의 머리를 쿡 눌렀다.

"주어진 일을 하게."

"하하, 알았네."

세타로스가 루이체를 향해 뛰어가는 한편, 프라이오스는 바닥에 억눌려 있는 하얀 우주의 의지를 붙잡아 들어 올렸다.

"어떻게… 그곳에서 빠져나왔나?"

"우리 우주는 우연으로 이뤄진 만큼 누군가와 만나고 이어지는 일이 아주 어렵지. 항상 상호작용을 하는 네놈들과는 달라. 대신 한 번 이어진 인연은 질기도록 오래간다네."

"그래? 새로운 걸 배웠군."

"숙적이라는 말 하나로 우리가 얼마나 오랫동안 이어져 왔는지를 생각해 보게. 인연이란 그런 거야."

"…조금은 이해할 것 같군. 그럼 이제 날 어찌할 것인가?"

"자네가 어떤 존재인지 확실히 알려주도록 하지."

하얀 우주의 의지는 자신과 프라이오스의 위치가 갑자기 바뀐 것을 감지했다.

워프 드라이브를 통해 검은색 우주와 하얀색 우주의 경계면에 와버린 것이다.

"무슨……? 네놈들의 워프 드라이브 한계를 넘어서지 않았나?"

"오늘을 위해 우리 스스로 제한했지. 정확히는 주인님께서 제한하라고 말씀하셨지만."

"하, 하하! 하하하하하!"

하얀 우주의 의지는 어이가 없어 그냥 크게 웃었다.

"그렇다고 해서 뭐가 바뀌진 않을 텐데? 날 추방하려고? 난 다시 들어오면 그만인데?"

"과연?"

프라이오스는 격렬하게 반발하는 우주의 경계선 밖으로 하얀 우주의 의지를 밀어냈다.

하얀색 우주에 진입한 프라이오스의 손과 팔뚝이 상호작용의 거부로 인해 구겨지더니 순식간에 훼손되어 부서졌다.

그 손에 붙들려 있던 하얀 우주의 의지는 아예 프라이오스를 자신들의 세계로 끌어들여 박살을 내려 했다.

그러나 하얀 우주의 의지는 프라이오스의 팔과 마찬가지로 상호작용 거부에 의해 부서졌다.

"내가? 어째서?"

"세 번째로 말하는군."

검은색 우주에 있는 프라이오스가 팔을 재생시키며 말했다.

"넌 우리 우주와 가까운 존재가 됐다고 했지? 그만큼 하얀색의 우주와 다른 존재가 된 것이다. 너희의 우주에 '나'라는 개념이 있었나? 개인의 개성과 생각을 허락한 적이 있었던가? 아마 네가 처음일 것이다. 네 고향은 역시나 네놈을 거부하고 있군."

부서지는 하얀 우주의 의지는 점차 검게 탈바꿈되었다.

"검은색 우주란 너희 스스로가 부정하고 폐기한 자유의지의 흔적이 집결하여 만들어진 공간이다. 그래서 하얀색 우주와 달리 우연이라는 것이 허락되지."

"……."

"어느 쪽이 좋다고는 할 수 없지만 역시 팔은 안쪽으로 굽는 법이군. 난 이곳이 좋다, 나의 작고 가련한 친구여. 나를 떠난 자들도, 내 곁에 있는 자들도, 앞으로 만날 자들도 말이야."

"그러한가? 나 또한 네놈이 좋아하는 자들 중 하나였다는 말이군."

"아니, 진짜 싫어. 하지만 잊지 못할 것 같군."

"후후, 후후후……."

검게 변해 버린 하얀 우주의 의지는 그렇게 완전히 사라졌다. 돌아서는 프라이오스를 붙잡듯, 경계면 너머의 하얀 우주가 빛을 발했다.

[프라임 프라이오스여.]

프라이오스가 경계면을 향해 고개를 돌렸다.

[우리는 너희를 부정한다.]

“인정받을 생각도 없지. 하얀 우주의 의지를 새로 만들어 보낼 생각이면 다음에는 이름을 붙이도록 해라. 그래야 정이 들어 방심할 것 같으니까.”

그러자 하얀색의 우주로부터 방금 소멸한 하얀 우주의 의지와 동일한 모습을 한 개체가 검은색 우주 쪽으로 침투했다.

프라이오스와 한참 동안 마주 보던 그 개체는 워프 드라이브를 통해 우주 어딘가로 사라져 버렸다.

“내가 이름을 지어주는 게 빠르겠군. 좋아. 계속 도전해라, 하얀색의 우주여. 나는 나에게 주어진 본분을 다할 것이다.”

프라이오스도 그 자리에서 사라졌다.

*　　*　　*

“모든 것이 사라졌군. 결국 우리만 남아버렸네, 비서관이여.”

과거보다 한참 작은 의자에 앉은 유일의 창조주, 하이볼크는 곁에 서있는 피엘 플레포스를 돌아봤다.

다시 안경을 끼고 있는 그녀는 고개를 저었다.

"우리만이 그 사실을 알고 있습니다, 창조주시여."

"내가 앞으로 잘할 수 있을지 모르겠군."

"지금까지 잘해오셨습니다."

피엘은 진심으로 웃으며 어린 여성의 모습을 한 그 창조주를 대했다.

"아무 문제도 없을 것입니다. 사이악스 프라임께서도 특별히 해를 끼치진 않겠다고 공언하셨지요."

"하지만 구조조정은 해야 하지 않았을까? 다시 가즈 나이트라는 이름으로 직속 부대를 꾸리긴 했지만 지크가 두 명이라니… 문제가 생길 것이네."

"그때는 그때겠지요."

"음."

하이볼크는 이윽고 머리를 흔들어 정신을 바짝 차렸다.

"알았네. 위그드라실의 창조와 소멸로 인해 발생한 온갖 문제가 신계 곳곳에서 일어나고 있네. 잘 처리해 주게, 비서관."

"지금 즉시 그분들을 소집하여 회의하겠습니다."

고개를 숙여 인사한 피엘은 회의실을 나가는 도중에 하이볼크의 방 한쪽 구석을 향해 한 번 더 허리를 굽혔다.

그곳에는 황금색 판금철갑을 입은 하이엘바인이 궁니르

가 아닌 다른 창을 든 채 서서 파란색의 눈을 빛내고 있었다.

"집으로 돌아가 쉬어도 된다 하지 않았느냐, 하이엘바인이여?"

"그곳은 외롭습니다, 창조주시여."

"난 네 창조주가 아니야. 언니다."

"그렇긴 하지만… 클라라와 스트라케, 라피스 모두 잠에서 깨어나지 않아 혼자 식사를 해야 합니다."

"결국 식사가 문제였군."

하이볼크의 지적에 하이엘바인은 배시시 웃었다.

"그 아이들이 깨어날 때까지는 나와 함께 먹자꾸나."

하이볼크가 명랑하게 웃었다. 압박감이 만든 그늘 따위는 이제 찾아볼 수 없었다.

"알겠습니다. 아, 리오 스나이퍼는 괜찮을까요?"

"어느 리오를 말하는 것이냐? 오리지널? 아레스? 아니면 프라이오스?"

"오리지널이라는 자와는 인연이 없습니다. 그리고 그는 좀 우유부단하더군요. 다른 둘이 궁금합니다."

"아레스는 자기 고향에서 잘 지내고 있겠지. 붙임성이 좋은 자니까 걱정 안 해도 될 것이야. 프라이오스는… 우리에게 큰 짐을 놓고 가버렸지."

"제우스 님 말입니까?"

"그 늙은이를 대체 어쩌라는 건지 모르겠구나! 아테나만 데려가면 끝이란 말이냐?"

"그래도 제우스 님은 훌륭한 사서입니다. 선신계와 악신계가 사라진 이후 쏟아지는 서류들을 놀라운 속도로 처리하고 있지요."

"그래, 그리고 유일하게 남은 옛 신계의 잔재이지."

"여자 문제 외에는 괜찮을 겁니다."

"음……."

하이볼크는 자신의 여동생을 의아하게 바라봤다.

"무슨 일이십니까?"

"아니, 왠지 네가 똑똑해 보여서 그렇단다."

"그 일 이후에 왠지 머리가 맑아졌답니다. 기억력도 좋아졌지요. 제가 품고 있던 모든 이야기가 마무리되어서 그럴지도 모르겠군요."

오딘이 부여했던 압박에서 정신이 자유로워진 탓일지도 모른다. 하이볼크는 최대한 좋은 쪽으로 생각하기로 했다.

"하이볼크 님은, 아니, 언니는 더 밝아지신 것 같습니다."

동생의 말에 하이볼크는 입고 있는 회색 원피스의 끝자락을 들었다가 놨다.

"이 옷도 조만간 바꿔볼 생각이란다. 하얀색은 어떨까?"

"같이 골라 드리지요."

만약 누군가가 그 자리에 있었다면 그 두 자매의 미적 감각을 믿을 수 없다며 쓴소리를 했을 것이다.

"정말 신이 되지 않아도 괜찮겠느냐?"

"저는 자연스럽게 배고프고 잠이 오는 지금이 행복합니다."

"부럽구나."

하이볼크가 투덜거렸다.

"일이 정리되면 방문하겠다고 한 프라이오스는 왜 오지 않는지 모르겠구나. 너와 할 말이 많다는 말도 했단 말이다."

"언니와도 할 말이 많을 겁니다."

"그럴까?"

"물론이지요."

유일한 창조주와 그녀의 수호자가 자매로서 대화를 나누는 한편, 어깨가 한층 가벼워진 모습의 피엘은 새로 마련된 회의실 안으로 상쾌하게 들어갔다.

"모두 기다리셨죠?"

그러나 말이 무색하게, 회의실 안에 있는 사람은 리오와 지크, 그리고 슈렌뿐이었다.

갑옷을 옆에 벗어놓은 지크는 소파에 누워 자고 있었고

리오와 슈렌은 테이블을 사이에 두고 앉아 교신기의 사용 방법에 대해 토론하고 있었다.

"그러니까 여길 이렇게 누르면 된다는 거지?"

"음."

"모르는 사이에 세상 좋아졌네."

"으음."

중후한 자세로 앉은 슈렌은 고개를 끄덕이기만 했다.

그 둘의 선명한 모습을 다시는 볼 수 없을 거라 생각했던 피엘은 왠지 뿌듯하여 마음이 흘러넘칠 것 같았다.

"뭔가를 놓고 온 것 같네요. 조금 뒤에 다시 오지요."

자는 것 같았던 지크가 팔을 들어 알았다는 답을 대신했다.

리오와 슈렌도 같이 팔을 들거나 끄덕거려 알아들었음을 표시했다.

그녀가 나간 후, 지크가 부스스한 얼굴로 일어났다.

"저기, 내가 얘기했나?"

"뭘?"

리오는 교신기에 눈을 둔 채 답했다.

"우리 엄마 생일이 다음 주야. 다들 초대하라고 하시는데?"

"진작 얘기해지 그랬어. 이렇게 모이기도 힘든 거 몰라?"

"음……."

지크가 다시 누웠다.

"아, 그동안 나쁜 꿈을 꿨던 것 같아. 이대로 기절하고 싶어."

"우리 일이 다 그렇잖아?"

리오가 웃었고 슈렌도 웃었다.

"너무 변함이 없는 것도 문제인데 말이지."

지크가 희미하게 말했다.

"때로는 빨갛고 파랗고 노란 구식이 더 좋은 법이지."

리오가 의자의 등받이에 허리를 붙였다.

*　　*　　*

"아, 그러니까… 귀한 손님의 자격으로 온 분일세."

"……."

"자네라면 이해해 주겠지?"

"프라임께서 하신 결정이라면 따라야 하지 않겠습니까? 그러나 미처 상상도 못한 일이라 당황스럽군요!"

해골의 엠프레스는 잠깐 떨어뜨렸던 자신의 낯을 다시 주워 들고 어디론가 휙 사라졌다.

단출한 드레스 차림의 아테나는 옆에 서있는 프라이오스

를 봤다.

그는 한숨을 진하게 내쉬었다.

"잘될 거요, 군신이여. 알고 보면 정말 괜찮은 존재라오. 마음도 넓고."

"음, 이곳의 내부 구조는 마음에 들지 않는군요."

아테나의 말에 주변에서 식사를 하는 등 휴식을 취하고 있던 1번 경작지의 쉬프터들이 일제히 움찔했다.

"하지만 행복합니다."

그녀가 프라이오스의 팔을 껴안았다.

"루이체 님은 언제 뵙게 될까요?"

"조만간 보러 갈 것이오. 하지만 일거리가 끊이지 않을 것 같아 걱정이오."

"잘될 것입니다, 수호자여."

아테나가 그를 올려다봤다.

"하지만 꼭 보쌈을 당하여 시집을 온 느낌이라 민망하군요."

오래전에 그 말을 들은 적이 있던 프라이오스는 뒷머리가 뜨끔했다.

'설마.'

방금 들은 말을 잊어버리기로 한 그는 본거지 안쪽을 향해 손을 내밀었다.

"일단 안내해 드리리다. 많은 동포가 사용하는 곳이자 당신이 머물 곳이니 잘 익혀두시오."

"옛 이름은 이제 사용하지 않으시는 겁니까?"

그녀가 묻자 쉬프터들이 다시 움찔했다.

웅성거리는 어린 동포들을 뒤로한 채 프라이오스가 대답했다.

"현재에 충실하고 싶소."

"이야기가 끝났다는 말씀은 하지 않으시는군요."

"어찌 될지는 모르지 않소?"

둘은 조금씩 거리를 좁히며 뒤따르는 해골의 엠프레스와 함께 본거지를 둘러봤다.

우주가 그들을 고요히 지켜봤다.

『가즈 나이트 R』 완결